Lago
O
S
N
W
Friseur
Lebensmittel
Kneipe
Kirche
Pfarrhaus
Bauernhof
Tennisplatz
Polizei
Bäckerei
von Ruppin
Friedhof
Friedhofs-
gärtner
Berta
Ferienhäuser
Kleinlago-Höhe
Rahtol
von Haubenstein
Blick von Kleinlago-Höhe auf das Dorf
Kleinlago

Friedlinde Aden

Schwebendes Unheil

Kriminelles aus Kleinlago

Selbstverlag

Ähnlichkeiten mit lebenden, verstorbenen, bekannten und unbekannten Personen sind rein zufällig und aufgrund des Romans unerlässlich.

1. Auflage 2020
ISBN: 978-3-9820800-2-4

Hafenstraße 19 a, 22880 Wedel, f.aden@gmx.de

Text: Friedlinde Aden, Wedel
Lektorat: Silke Weißenburg
Umschlaggestaltung: Friedlinde Aden
Umschlagmotiv: © Friedlinde Aden
Satz: Friedlinde Aden
Druck und Bindung: WIRmachenDRUCK GmbH, Backnang
Bestellung und Vertrieb: Friedlinde Aden, Wedel

In Erinnerung an meinen Vater

Die Irdischen

Emilio Horatio Müller	Pfarrer
Ubaldo Ohnesorg	Friedhofsgärtner
Rosa Fröhlich	Inhaberin des Lebensmittelgeschäftes
Lorenzo Fröhlich	Polizist, verwandt mit Rosa
Felipe auf dem Hofe	Bauer, Ehemann von Marina
Marina auf dem Hofe	Frau von Felipe, Ex-Frau von Ubaldo
Leonardo, eigentlich Erich Schöneich	Frisör
Grappa, genannt der alte Grappa	Kneipenwirt, Vater von Pedro
Pedro	Bäcker, Organist
Berta, genannt die alte Berta	Einwohnerin
Frau von Ruppin	Einwohnerin, besitzt Ferienhäuser
Georg	weißer Pudel, Hund von Frau von Ruppin
Frau Tasche	Einwohnerin, wohnt über der Bäckerei
Valenzia Hoffmeister	Haushälterin des Pfarrers, wohnt im Nachbarort
Isolde von Haubenstein	Feriengast, Ehefrau von Hubertus
Hubertus von Haubenstein	Feriengast
Rahtol	Feriengast, Kriminalschriftsteller

Die Überirdischen

Emilio Engel
Ubaldo Engel
Rosa Engel
Lorenzo Engel
Felipe Engel
Leonardo Engel
Grappa Engel
Berta Engel
Isolde Engel
Hubertus Engel
Herr Gott
Der vom heißen Ofen
Georg Engel

Prolog

Das hatte er nicht erwartet: Von oben kamen ihm mit großem Gepolter ein Körper und ein Stuhl entgegen.

Und er hatte doch nur „hallo“ gerufen.

Donnerstag, 2. Mai:
Ubaldos Problem

Ein blauer Sommerhimmel stand wie festgenagelt über dem Friedhof. Es war zwölf Uhr mittags. Grässlich übereifrige Sonnenstrahlen brachten die wenigen sauberen Marmorgrabsteine zum Funkeln. Ihr Licht blendete seine Augen, bah. Bienen summten laut um die betäubend riechenden Lavendelblüten herum. In den hohen Grasbüscheln der ungepflegten Gräber übten die Grashüpfer Hochsprungwettkampf, und die Vögel zwitscherten lärmend, als hätten sie nichts anderes zu tun, als zu tratschen.

Seit Wochen kein neuer Toter, verdammt.

Der Friedhofsgärtner Ubaldo Ohnesorg schlurfte, missmutig vor sich hin brummelnd, mit hängendem Kopf und fettigen Haaren zwischen den Gräbern herum. Er stolperte in seinen ausgetretenen Schuhen über einen Grabstein, gab ihm mit dem rechten Fuß einen kurzen Tritt, versank mit dem linken fast in einem Maulwurfshügel und hockte sich, nachdem er sich sein Knie an ihr gestoßen hatte, schimpfend auf eine kleine Bank.

Mit seinen faltigen Händen fuhr Ubaldo über die abblätternden Farbplacken auf dem Holz. Sechzig Jahre war er jetzt, fühlte sich aber mindestens wie siebzig. Mit einem gelb-fleckigen Taschentuch wischte er sich immer wieder den Schweiß von der Stirn. Er hatte Sorgen, oh ja, dem Namen zum Trotz hatte er sogar große Sorgen: Es starb keiner mehr. Und wenn das so weiterginge, dann käme nicht genug Geld rein und der Friedhof würde geschlossen. Die meisten Angehörigen pflegten ihre Gräber sowieso schon selber, die anderen ließen sie verkommen. Man sah ja, zu was dieses Gräberfeld wurde: zu einem von allerlei Getier und Unkraut besetzten Platz. Er liebte Tiere, aber nur, wenn sie sich am ihnen zustehenden Ort aufhielten. Und hier hatte Ruhe zu herrschen. Totenstille sozusagen. Nicht so ein Gezirpe und Gezwitschere.

Ubaldo stützte seinen Kopf in die Hände. Friedhofsschließung. Das wär´s mit seinem Job, er müsste in Rente gehen. Schon jetzt hing er in seiner freien Zeit tatenlos herum. Dann könnte er sich gleich sein eigenes Grab schaufeln. Denn mit dem Minijob als Küster der hiesigen Kleinkirche käme er nicht weit. Deprimiert starrte Ubaldo auf den Grabstein vor sich.

„Johannes“ stand darauf, Geburts- und Todestag. Der war definitiv zu jung zum Sterben. Aber warum rannte er immer, ohne zu gucken, über die Straße? Der Pfarrer hatte bei der Grabrede vermutet, er sei vor sich selber weggelaufen. Der hatte ständig so nervige Allerweltswahrheiten auf der Zunge. Pah, als ob man das könnte, da wär er ja schon zehnmal vor sich selber weggelaufen, so wie seine Alte, die Marina.

Hatte er laut gesprochen? Er schaute sich kurz verstohlen um. Aber es war wieder mal niemand außer ihm auf dem Friedhof.

Johannes, ein schöner Name. Dagegen Ubaldo! Seine Eltern hätten ihn doch Vincenzo nennen können oder Lorenzo, wie der junge Dorfpolizist hieß – aber nein, Ubaldo. Das klang so gewalttätig. Ach, das Leben war ungerecht.

Verdrossen ließ er seinen Blick über das Gräberfeld schweifen. Hin zu dem steinernen Tor, das den Eingang bildete. Davor stand der Löwe, der alles bewachte. Gestiftet von der alten Berta. Bald hätte auch er nichts mehr zu tun. Und die Palme auf der anderen Eingangsseite müsste sehen, wo sie ihr Wasser her bekäme. Denn für umsonst würde er hier sicher nicht arbeiten, es gab schon so kaum Geld für seinen Job.

Da kam ganz langsam auf sanften Erinnerungsfüßen von hinten ein Gedanke an Ubaldo herangeschlichen: In der Kneipe hatte er vor kurzem gehört, dass sogar die Pfarrei bedroht sei. Weil es nicht mehr genügend Kirchgänger gäbe. Dann hätte doch der Pfarrer ein ähnliches Problem wie er. Ob er ihn mal ansprechen sollte? Zusammen würden sie bestimmt einen Weg finden, raus aus ihren Sorgen. Er hatte auch schon so eine Idee.

Mit einem Ruck erhob Ubaldo sich und schlug mit neuem Mut den Weg über die Straße direkt zum Pfarrhaus ein.

Lorenzo Engel: Chef, schau dir den mal an! Der heckt doch etwas aus.

Herr Gott: Im Augenblick sehe ich nichts Gefährliches.

Lorenzo Engel: Chef, du bist wirklich zu vertrauensselig. Ich sage vorsichtshalber Ubaldo Engel Bescheid.

Donnerstag, 2. Mai:
Nette Idee

„Ha, Ubaldo!“ Mit freudigem Schwung öffnete Pfarrer Müller die Haustür. Endlich eine Abwechslung in seinem einsamen Dasein. „Verflucht heiß heute!“

Er war ein Mann mit dickem Bauch und deutlichen Worten, auch auf der Kanzel, sprach genau so wie die Leute im Dorf. Sein weißer Wuschelkopf rief bei den vorwiegend weiblichen Besuchern des Gottesdienstes, wenn denn welche kamen, so etwas wie einen Beschützerinstinkt hervor. Obwohl er mit seinen einhundertachtzig Zentimetern doch dem Kindesalter schon entwachsen war. Und gerne selbst eine von ihnen beschützt hätte.

„Das is wohl wahr. Tach, Herr Pfarrer, jo, ich dacht“, er stockte, „jo ich dacht, ich kann mal einfach so vorbeischauen. Bei der Hitze is Arbeiten ja nich möglich.“

„Immer reinspaziert in die gute Stube.“

Durch den schmalen Flur folgte Ubaldo Pfarrer Müller in das große, helle Arbeitszimmer.

An der Tür blieb er verdutzt stehen. Er war schon öfter hier gewesen, aber so eine Unordnung hatte er noch nie erlebt! Der wuchtige runde Holztisch in der Zimmermitte war unter Papierbergen versteckt. Auf dem Arbeitstisch zwischen den beiden Fenstern, deren Augen zum Pfarrgarten hinausgingen, lagen Stifte und Akten wild durcheinander. Selbst der gemütliche Ohrensessel, der daneben seinen Platz beanspruchte, wurde von Aktenordner okkupiert. Und der Boden erst! Ubaldo suchte verzweifelt eine freie Stelle, auf die er seine Füße setzen konnte. Dazu der ganze Staub, den die Luftbewegung bei ihrem

Eintritt von den Akten geblasen hatte und der wie Puderzucker in den Sonnenstrahlen tanzte. Der Friedhofsgärtner unterdrückte einen Niesanfall.

„Ja, ja, sieht furchtbar aus." Pfarrer Müller hob resigniert die Hände. „Ich bereite mich auf den Auszug vor."

Erschrocken riss Ubaldo seine Augen auf. „Is denn schon was beschlossen?"

„Na ja, nein, eigentlich nicht, aber wenn am nächsten Sonntag wieder nur drei Menschen in der Kirche sitzen und keine Kollekte hereinkommt, wird es langsam eng für mich. Außerdem," Pfarrer Müller seufzte tief, „es ist erneut jemand ausgetreten. Ich weiß nicht, was ich noch alles predigen soll, damit sie bleiben." Er zeigte auf den Besucherstuhl am Tisch. „Wirf die Sachen einfach auf den Boden." Mit einer energischen Handbewegung räumte er seinen eigenen Platz auf der gegenüber liegenden Seite frei und plumpste auf den Stuhl.

„Immer nur Trauungen und Taufen mit fröhlichen Gesichtern, und keine Tränen mehr bei Beerdigungen, da ist was aus dem Lot." Erschrocken schlug er sich mit der Hand auf den Mund „Entschuldige, Ubaldo, vergiss, was ich gesagt habe. Freude ist doch etwas Schönes." Er lächelte gequält. Im Grunde genommen war er froh über die freudigen Ereignisse aus dem Nachbarort, der auch zu seiner Gemeinde gehörte. Hier im Dorf gab es dafür kaum Kandidaten, seine Versetzung wäre sonst das nächste, allerdings weniger freudige Ereignis.

„Nein, nein, da ham sie schon Recht." Der Friedhofsgärtner stand weiter unschlüssig an der Tür. Er trat von einem Fuß auf den anderen. Sollte er jetzt loslegen? „Also, ich kann das verstehen, vollkommen, jo vollkommen. Also ..."

Pfarrer Müller wachte aus seinem Selbstmitleid auf und warf einen gezielten Blick auf seinen Gast. Irgendetwas stimmte mit Ubaldo nicht. „Setzt dich erst einmal hin, und dann heraus mit der Sprache, wo drückt denn der Schuh?“ Er schob ein paar Papiere zur Seite und legte seine Hände wie zum Gebet vor sich auf die Tischplatte. Hochkonzentriert, als wolle er eine Beichte abnehmen.

„Jo, äh“, Ubaldo kippte die Akten von dem Besucherstuhl und nahm Platz, „das is das Problem, es gibt zu wenig Leute, die sterben.“ Jetzt hatte er es klar ausgesprochen.

„Ja, und? Daran können wir doch nichts ändern. Es sei denn, wir bringen eigenhändig welche um, damit wir sie anschließend beerdigen können.“ Der Pfarrer hielt inne und lachte kurz darauf schallend los. Dann erschrak er, als er Ubaldos zusammengekniffenen Mund sah. Er stoppte sein Lachen wie einen Zug durch eine Notbremsung. „Ubaldo? Warum sagst du nichts?“

„Jo, also, ihre Idee ...“

„Was meinst du, Ubaldo?“ Pfarrer Emilio Horatio Müller beugte sich wie in Zeitlupe auf seinem Stuhl nach vorne. Er rutschte so weit, dass sein Sitzmöbel bedenklich ins Kippen geriet. Zum Glück war da die Tischkante, die seinen Bauch und den Rest vor dem Fall bewahrte. „Du meinst ...?“

Ubaldo brauchte jetzt dringend einen guten Grund für sein Vorhaben.

„Jo, wie soll ich sagen, das wär doch zum Beispiel für viele Alte hier im Ort eine, na ja ... Hilfe.“ So viele Alte hatten sie nicht, aber egal. „Ich mein, die, die seit langem sterben wollen und nich können. Und für die, die immer etwas Schlimmes anstellen.“ Ups, diesen Gedanken sollte er schleunigst in eine dunkle Ecke verbannen, müsste er sich dann nicht selber umbringen?

„Ich dacht so“, fuhr Ubaldo schnell fort, „damit retten wir Friedhof und Pfarrei.“ Jetzt war es raus.

Entsetzt starrte der Pfarrer seinen Friedhofsgärtner an. Der meinte es ernst! Mit einem lauten Knall holte der pfarramtliche Stuhl alle wieder auf den Boden der Tatsachen.

„Ubaldo, Ubaldo, ...“ Einen Moment lang herrschte Stille. Nur die Vögel schwatzten unbekümmert draußen weiter, als hätte sich nichts in der Welt geändert. Pfarrer Müller drehte langsam seinen Kopf zu dem kleinen Holzkreuz, das an der Wand zwischen den beiden Fenstern hing.

„Ich glaube nicht, dass er da“, energisch deutete er mit seinem dicken Zeigefinger auf das Kreuz, „dass er damit einverstanden wäre.“

Mit verschwörerischer Miene beugte der Friedhofsgärtner sich zum Pfarrer hin.

„Aber dann würden wir ihm doch Arbeit abnehmen.“ Ubaldos Stimme war in ein Flüstern übergangen. „Und Entscheidungen, das is doch so schwierig, immer entscheiden. Ich hab damals, als das mit meiner Alten, ich mein mit meiner Marina anstand und der anderen, da hab ich mich nicht entschieden, denn das wär unheimlich schwer gewesen ...“

„Ja, ja, die Frauen.“ Emilio Horatio Müller schüttelte nachdenklich seinen Kopf. Mit Wehmut erinnerte er sich an den Moment in seiner Vergangenheit, an dem er aus heutiger Sicht den falschen Weg eingeschlagen hatte. „Trotzdem, was du gesagt hast, dürfen wir nicht einmal denken.“ Er hob seine Nase und schnupperte. Was war das für ein eigenartiger Geruch?

Ubaldo ließ seine Schultern sinken und sackte in sich zusammen. „Ne, ne, Herr Pfarrer, war nur ein Witz."

„Na, da bin ich aber froh. Einen kleinen Schluck auf diesen Scherz?" Pfarrer Müller hatte sich erleichtert seufzend erhoben und wandte sich zum Bücherschrank.

„Also, nichts für ungut, ich will dann ma wieder. Bisschen Unkraut zupfen, manche Gräber sehen ja grausig aus, so was von grausig." Ubaldo schob seinen Stuhl zurück und stand langsam auf. Das war gründlich schief gegangen.

„Tu das. Aber nicht zu lange bei dieser Hitze. Sonst bekommst du noch einen Hitzschlag und andere ...", Pfarrer Müller steckte schon wieder ein Lachen im Hals, „andere nette Ideen. Und um dein Problem, ich meine unsere Probleme, kümmern wir uns morgen. Laut Wetterbericht wird es dann ein bisschen kühler sein. Komm doch am Nachmittag zum Kaffeetrinken zu mir."

„Danke, Herr Pfarrer und tschüs." Ubaldo trottete zur Tür hinaus.

„Bis morgen." Pfarrer Müller schloss kopfschüttelnd mit einem Lächeln im Gesicht die Haustür. Wer den Friedhofsgärtner auf diese verrückten Gedanken gebracht hatte? Das roch im übertragenen Sinne schwefel-teuflisch. Auf jeden Fall würde es ein unterhaltsamer Nachmittag werden. Nur ernst nehmen, das durfte er Ubaldo nicht.

Emilio Engel: Unfassbar, auf was für Ideen der kommt!

Ubaldo Engel: Solange es nur Ideen sind, kann er denken, was er will.

Emilio Engel: Aber schau mal den an hinter dem heißen Ofen, wie der grinst! Vielleicht musst du aufpassen.

Freitag, 3. Mai: Hühnertraum

Ubaldo hatte einen riesigen hölzernen Eierlöffel in der Hand. Mit ihm schlug er auf das weiße Huhn ein, das zu seinen Füßen saß. Warum rannte es denn nicht weg? Er schlug so lange, bis Eidotter zwischen den Federn herauslief und sich auf dem Fußboden sammelte. Die flüssige Masse stieg geisterhaft in die Luft und verwandelte sich in ein Huhn, ein gelbes diesmal, das laut gackerte und davonrannte. Es gackerte und gackerte und gackerte, und Ubaldo hob verzweifelt seine Hände, um sich die Ohren zuzuhalten -

Da wachte er auf. Draußen vor seinem Fenster gackerte ein Huhn.

Die blöden Viecher von der alten Berta, fluchte er laut. Sie hatten ihn schon so oft geweckt, obwohl er doch gern lange schlief. Er ballte vor Wut seine Hände zu Fäusten. Am liebsten hätte er sie ...

Morden mit Eierlöffel, ging das überhaupt? Wie würde der Pfarrer seinen Traum deuten? War das nicht eine Zustimmung von weiter oben zu seinen Plänen? Ubaldo verzog seinen Mund zu einem hämischen Grinsen. Sein Leben würde sich bald ändern, davon war er überzeugt.

Mit diesen Gedanken schwang er seine Beine aus dem empört knatschenden Bett. Erst mal frühstücken. Dann Kontrollgang über den Friedhof wie jeden Tag und sich über die unbelegten Gräber ärgern. Wie jeden Tag.

Ubaldo Engel: Chef, wer hat ihm denn diesen Traum eingegeben? Chef?

Lorenzo Engel: Schau doch mal dahinten, er ist schon bei dem vom heißen Ofen und hält ihm eine Standpredigt.

Freitag, 3. Mai:
Fiese Erpressung

Punkt drei Uhr am Freitagnachmittag stand Ubaldo vor der Tür des Pfarrhauses. Er hatte, quasi als Bestechung, drei Stück Kuchen bei Pedro in der Bäckerei gekauft, einen Käsekuchen für sich und zwei Kirschstreusel mit Sahne für den Pfarrer. Den aß der so gerne, er war geradezu süchtig danach. Siegesgewiss trug Ubaldo das Kuchentablett auf seiner linken Hand, mit der rechten drückte er energisch auf den Klingelknopf. Nichts rührte sich. Er klingelte ein zweites Mal, etwas länger. Keine Reaktion. Ungeduldig lief er vor der Tür hin und her. Hatte der Pfarrer die Verabredung vergessen? Die Sonne brannte wieder heiß vom Himmel, obwohl der Wetterbericht Kühle angekündigt hatte, kein Verlass mehr auf nichts. Sicher floss die Sahne schon nach allen Kuchenseiten weg. Endlich!

„Hallo, Ubaldo, ich sehe, auch du hast an unser leibliches Wohl gedacht." Pfarrer Müller strahlte und nahm ihm das Kuchenpaket ab. Für ihn schien es keine Probleme mehr zu geben. „Na, dann komm mal rein. Ich habe nur rasch den Tisch zu Ende gedeckt." An seinem Gastgeber vorbei steuerte Ubaldo die Küche an. Es duftete nach frisch gemahlenen Kaffeebohnen.

„Andere Richtung, wir sitzen heute im Arbeitszimmer. Da ist es gemütlicher."

Wieso das denn, bei der Unordnung? An der Tür des Kaffeezimmers blieb Ubaldo stehen und ließ seine Augen durch den Raum schweifen: Alles sah wieder so aus wie früher, keine herumliegenden Akten, Papiere oder Stifte. Den Tisch dominierte eine Tortenplatte mit fünf Stück Kirschstreuselkuchen, daneben eine Glasschüssel mit Sahne für mindestens vier Personen, zwei Teller, zwei Kaffeebecher und eine riesige Kaffeekanne.

Pfarrer Müller hatte Ubaldos suchenden Blick bemerkt. „Tja, ich habe alles wieder in den Schrank geräumt, war noch ein bisschen früh für Resignation. Setz dich doch." Er öffnete das Gastgeschenk, leckte sich über die Lippen und stellte das Papptablett neben den anderen Kuchen. „Lang zu und lass es dir schmecken."

Nachdem sie eine Weile wortlos vor sich hin genossen hatten, schaute der Pfarrer Ubaldo an.

„Also", er legte seine Kuchengabel auf den Teller, „ich habe über deinen Vorschlag nachgedacht." Ein leichtes Lächeln überzog sein Gesicht.

Ubaldo hielt mitten im Kauen inne und blickte erstaunt auf. Hatte er schon gewonnen?

Aus den Tiefen der Wohnung kam eine Fliege und summte über der Schlagsahne hin und her. Sie sah keine Möglichkeit, draußen für Essen zu sorgen, da die Fenster geschlossen waren. Deshalb erlaubte sie sich eine Verköstigung der Sahne, hob aber schnell wieder ab, um nicht doch in Todesgefahr zu kommen, sie nahm eine sich aufbauende Spannung in der Luft wahr.

„Deiner Meinung nach würden wir mit dem Bösen etwas Gutes tun", fuhr der Pfarrer fort. Er drehte vorsichtshalber seinen Kopf leicht zum Holzkreuz: Wenn Er mit diesen spielerischen Gedanken nicht einverstanden war, dann sollte es jetzt runterfallen. Nichts geschah.

ott: Verflixt, glaubt der denn, dass wir hier oben hexen nen?

„Ich verstehe deine Idee." Pfarrer Müller nickte mehrmals bedächtig mit dem Kopf. Auch ihm war eine Kandidat für dieses Spiel eingefallen: der Frisör Leonardo. Im letzten Monat hatte er ihm trotz seines Protestes die Haare zu kurz geschnitten und diese Frisur auch noch schick gefunden – was für ein eingebildeter Kerl!

„Jo?", fragte Ubaldo ungeduldig nach. Wieso kam der Pfarrer nicht endlich auf den Punkt?

„Lass uns mal mit deiner Idee spielen. An wen hast du denn da gedacht? Wer benötigt unsere H-i-l-f-e?" Seine Gedanken an Leonardo schubste er rasch in die hinterste Ecke seines Gedächtnisses und stach stattdessen seine Gabel in das Reststück vom zweiten Kirschstreuselkuchen. Mal sehen, wer so in Ubaldos Kopf herumspukte.

„Jo, ich hab da so einige", antwortete Ubaldo hastig, die Worte quollen aus ihm raus, wie Lava bei einem Vulkanausbruch, „zuallererst die alte Berta. Von der hab ich sogar heut morgen geträumt. Also nich direkt von ihr, sondern von ihrem Huhn. Und dann hat es wirklich gegackert, wieder mal draußen vor meinem Fenster, gack, gack, gack." Er fuchtelte wütend mit seiner Gabel in der Luft herum, ein Klacks Sahne landete gegenüber mitten auf dem aufgespießten Backwerk.

„So, so, dann müssten wir doch das Huhn, du weißt schon, was ich meine." Pfarrer Müller führte Kuchen und Sahne zum Mund. Dabei schaute er verträumt in den Raum. Hühnersuppe! Das Kuchenstück schmeckte jetzt nach Huhn.

„Aber das arme Tier kann ja nich dafür, dass es immer bei mir im Hof rumläuft“, Ubaldo ließ seine Gabel auf den Teller fallen, dass es nur so klirrte, „wenn die alte Berta nich endlich mal den Zaun flickt. Seit Wochen geht das so, immer dieses Gack, Gack, Gack direkt vor meinem Schlafzimmerfenster.“ Er atmete heftig ein und aus. Allein der Gedanke an das Huhn brachte ihn in Wallung. Und dieser abweisende Blick der Alten, wenn er sie auf das Problem ansprach.

„Also, die Berta“, nahm Pfarrer Müller wieder den Gesprächsfaden auf, nachdem er geschluckt hatte.

„Und dann is da der alte Felipe auf dem Hof hinter dem Wald.“ Ubaldo ballte seine Hände zu Fäusten.

„Der dir deine Frau ... ausgespannt hat.“ Pfarrer Müller konnte sich ein Grinsen nicht verkneifen. Da kamen langsam die richtigen Beweggründe für das Vorhaben zutage. „So alt ist der doch noch gar nicht.“ Er legte die Gabel wieder auf dem Teller ab, lehnte sich auf dem Stuhl zurück und faltete die Hände über seinem Bauch zusammen. Mal sehen, wie Ubaldo seine Wahl begründen würde.

„Aber er is kein guter Mensch, ne, wirklich nich. Sein Hof is so sauber, da kann nich mal ne Kellerassel leben. Und damit auch kein Vogel oder wer auch immer Kellerasseln frisst. Ne, lebenswert is es da nich.“ Ubaldo hatte einen roten Kopf bekommen, so hatte er sich in Rage geredet. „Und meine Marina leidet auch darunter, ganz bestimmt.“ Er schwang seine rechte Faust in Richtung Pfarrer.

„Ja, ja.“ Die Stirn von Emilio Horatio Müller sah jetzt aus wie ein Faltengebirge. Das gefiel ihm alles langsam aber sicher immer weniger. Die Wut, die aus Ubaldos Augen aufblitzte, bereitete dem Pfarrer Sorgen. War es doch falsch gewesen, sich auf diese Spinnereien einzulassen?

„Und die Frau Tasche, diese olle Schabracke. Die hat ihren Mann auf nem andren Friedhof begraben lassen.“ Ubaldo schnaubte auf und ließ seine Fäuste auf den Tisch knallen.

„Na, na, na.“ Innerlich stimmte Pfarrer Müller dem Friedhofsgärtner zu, aber er verkniff es sich, dies offen zu sagen. Nur kein Öl ins Feuer der Ideen gießen!

„Is doch wahr.“ Ubaldo senkte kurz seinen Kopf, dann ruckte dieser wie von Fäden gezogen erneut nach oben. „Nu hab ich mich nackig gemacht, ich mein, so gedanklich. Nu sind sie dran.“ Er saß jetzt senkrecht auf seinem Stuhl, hatte seine Kuchengabel wieder in die Hand genommen und hielt sie wie ein Ausrufezeichen mit den Zinken nach oben in die Luft.

Warum nicht mitmachen, überlegte Pfarrer Müller? So gedanklich nur, wie ein Gesellschaftsspiel. Vielleicht würde er dadurch dazu beitragen, Ubaldos Wutmenge zu verkleinern. Er verfolgte mit seinen Augen eine schwarze Spinne, die gemächlich über den Boden kroch. Wenn man etwas ausspricht, hilft das oft. Das hatte ihm mal eine Therapeutin erzählt, zu der er gegangen war, nachdem ... Aber weg mit den Erinnerungen.

„Also ich hätte da“, er strich sich über sein Kinn, „den Frisör anzubieten. Da müsste dringend mal ein neuer rein in den Laden.“

„Warum? Der is doch auch noch nich so alt?“

„Vom Körper her nicht, aber im Geiste“, verteidigte der Pfarrer seinen Vorschlag, „schau dir nur mal meine kurzen Haare an!“ Er zog energisch einige in die Höhe. „So etwas als schick zu bezeichnen, das ist unerhört! Das sieht doch aus wie eine Lockenwiese!“ Emilio Horatio Müller schlug mit der Hand auf den Tisch und traf dabei den Tellerrand. Die Gabel flog durch die Luft. Sie blieb direkt neben der Spinne liegen, die daraufhin schnellstens Richtung Bücherschrank floh.

Ubaldo betrachtete zum ersten Mal den Kopf des Pfarrers haargenau. So schlecht fand er die Frisur gar nicht. Aber wenn der meinte ...

„Ach, und der alte Grappa, der ist beim Einschenken geizig."

„Jo", fiel ihm Ubaldo ins Wort, „die Krone des Biers geht immer nur knapp bis zum Rand."

Emilio nickte eifrig. Das Spiel begann, ihm Spaß zu machen. Auch er hatte Wut in seinem dicken Bauch gesammelt. Sie prickelte jetzt wie Sekt in einer Flasche, kurz vor dem Ausbruch. Immer so nett zu sein, ein Leben lang, das war auf Dauer nicht auszuhalten. Vor Aufregung kippelte er mit dem Stuhl.

„Vorsicht, Herr Pfarrer!", Ubaldo sprang auf, rannte um den Kaffeetisch herum und hielt die Lehne fest, „der Tisch hinter ihnen!"

„Ach, das vergesse ich immer, bin schon x-mal dagegen geknallt."

Mit einem Rums stand Emilio mit seinem Stuhl wieder sicher auf dem Fußboden. Und verschloss seine eigene Wut-Sektflasche fest. Was war nur in ihn gefahren? Das entsprach so überhaupt nicht seinen moralischen Werten.

„Puh, ist so ein S-p-i-e-l anstrengend." Ein knapper Hinweis für Ubaldo. Pfarrer Müller neigte sich nach unten, hob seine Gabel vom Boden auf und nahm sich ein neues Stück Kirschstreuselkuchen. Dann schaufelte er einen hohen Berg Sahne darauf, als wolle er den Kuchen und alles Andere zudecken.

„Spiel?", stutzte Ubaldo, „aber wir ham doch ein ernstes Problem."

Der kauende Pfarrer schaute bestürzt hoch. Er schluckte schnell und wollte grade seinen Mund zu einer Antwort öffnen, da platzte sein Gegenüber heraus: „Mir is da noch jemand eingefallen! Die Rosa!“

„Rosa?“ Emilio Horatio Müller prustete beim Sprechen Krümel in Richtung Ubaldo und hätte sich an dem Rest fast verschluckt. Verflixt, der meinte es ernst. „Nein, auf gar keinen Fall!“ Energisch warf er seine Gabel auf die Sahne, die auf seinem Teller lag und jetzt die Verfolgung des geprusteten Kuchens aufnahm. Emilios Gesicht hatte die Farbe einer reifen Tomate angenommen. „Nein, und nochmals nein!“, donnerte seine Stimme.

Jo, feixte Ubaldo innerlich, also stimmte es, was man sich im Dorf so erzählte.

„Aber wieso nich?“, fragte er scheinheilig, „sie spielt immer zusammen mit Felipe und der alten Berta Tennis, da gehört sie sozusagen dazu zu unserer Liste. Außerdem is das doch kein Leben, so im Rollstuhl.“

„Nein und punktum.“ Heftig schlug Emilio mit seiner rechten Faust auf den Tisch, so dass der Kaffee in den Tassen hoch schwappte. „Und welche Liste?“ Er war jetzt eindeutig durcheinander, hatte sich erhoben und ließ seine Augen durch den Raum irren auf der Suche nach einem Stück Papier.

„Na, die Liste mit den Namen derer, die wir ...“ Ubaldo stockte, er wagte es nicht, das unheilvolle Wort auszusprechen, „na eben, denen wir helfen wollen.“

Emilio riss seine Augen auf, sein Gesicht glich einem Fragezeichen. „Ach so, ja, die Liste. Aber ...“, Verzweiflung zog seinen Brustkorb zusammen, was hatte er da nur angerichtet, „das war doch nur ein Spiel!“ Er nahm einen großen Schluck aus seiner Tasse, dann sank er auf seinen Stuhl zurück.

Ubaldo stöhnte. So kamen sie nicht weiter. In der Ferne hörte er ein Grummeln. Der Pfarrer hatte es ebenfalls mitbekommen und schaute in den Garten. Die Sonne war geflüchtet, dunkle Wolken zogen drohend rasch am Himmel heran. Ein böses Omen? Für einige Sekunden warteten beide schweigend auf das, was kommen würde. Dann riss ein heftiger Wind an den Zweigen des Apfelbaumes und es fing an, wie aus Eimern zu schütten. In dem Augenblick erschien ein spitzbübisches Lächeln auf Ubaldos Gesicht, ihm war eine Idee gekommen.

„Jo, nu, Herr Pfarrer, das wär doch mal ein Weg: Sie übernehm den Frisör und den alten Grappa und ich die alte Berta und Felipe. Um Frau Tasche kümmern wir uns zusammen. Dafür bleibt die kleine Rosa unbeschadet außen vor.“

Entsetzt hielt Emilio die Luft an und starrte auf seinen Gast. „Du hast nicht mehr alle Latten am Zaun!“ Wie kam er denn jetzt auf diesen Ausdruck? Gleichzeitig erinnerte er sich mit Schrecken daran, dass Ubaldo von Marina verlassen worden war, weil er sie geschlagen hatte. Zu was wäre er noch fähig? „Das ist Erpressung!“, stieß er hervor. Aus dem Spiel war blutiger Ernst geworden.

„Aber es is doch nur Gutes, was wir tun!“ Ubaldo hatte Oberwasser bekommen und fühlte sich herrlich, innerlich so frei! Er atmete tief durch. Endlich einmal hatte er Macht. Das Kanzel-Geschwafel des Pfarrers ging ihm schon lange auf den Geist. Und immer in der Kirche die Blicke der Frauen zu ihm, schändlich.

„Aber, aber“, stotterte Emilio entsetzt, „das war doch nur ein Gedankenspiel!“ Verdammt, hätte er bloß seine Namen nicht genannt! Er raufte sich die lockigen Haare, sie standen schon wirr vom Kopf ab. Wie konnte er Ubaldo nur das Vorhaben ausreden?

Er erkannte ihn nicht wieder, beziehungsweise nur einen Teil von ihm. Der Friedhofsgärtner saß aufrecht auf dem Stuhl mit einem leichten, ein wenig überheblichen Lächeln, die grauen Augen strahlten in einer Härte, die der Pfarrer bis jetzt nie wahrgenommen hatte. Und dann im Gegensatz dazu die bekannten Bartstoppeln bis hinunter zum Hals, die Haare fransig und fettig, die schwarze Anzugjacke mit Löchern an den Ellbogen, die Fingernägel eingerissen und mit dunklem Dreck unter den Rändern.

Bei diesem Anblick wuchs in Emilios Kopf die kleine Pflanze einer Gegenerpressung heran. Darauf würde Ubaldo sich nicht einlassen, davon war der Pfarrer überzeugt.

„Mein lieber Ubaldo“, begann er zuckersüß und neigte sich ein bisschen nach vorn, „die Voraussetzung für so ein Vorhaben wäre: Sauberkeit. Denn die Polizei wird sonst schnell deine DNA auf unseren Verstorbenen nachweisen. Und du weißt, was das bedeutet. Du musst diesen Anzug mal reinigen lassen oder, besser noch, dir einen neuen kaufen. Und auch deine Körperpflege lässt zu wünschen übrig.“

Ubaldo senkte den Kopf und schaute an sich runter. Er sah wirklich wie der letzte Drecksack aus. Hose zerrissen, Erd- und Rasenflecke darauf, Schuhe ausgetreten und mit kaputtem rechten Schnürsenkel. Die Begründung des Pfarrers leuchtete ihm ein.

„Jo, abgemacht, am Sonntag erkennt mich keiner mehr.“ Mit diesen Worten stand Ubaldo auf, hob kurz zum Abschied die Hand und verließ das Pfarrhaus.

Pfarrer Emilio Horatio Müller blieb sitzen. Vor seinen Kuchenresten, vor dem kleinen Rest Schlagsahne, vor der großen Kaffeekanne. „Herr hilf!“, rief er laut.

In diesem Moment fiel das Holzkreuz polternd zu Boden.

Es war Freitag.

Emilio Engel: Heilige Trompete, was haben die beiden denn jetzt vor?! Das geht doch auf keine Kuhhaut, ich meine: Flügel!

Herr Gott: Da stimme ich dir zu.

Sonntag, 5. Mai: Gottesdienst

„Und nun, meine lieben Gotteskinder, lasst uns gemeinsam singen!"

Pfarrer Müller stieg nach überstandener Predigt mit andächtigen Schritten von der Kanzel. Dabei schaute er einmal kurz zu seiner Gemeinde und lächelte Rosa an. Sie saß neben der alten Berta im Rollstuhl direkt vor der ersten Bankreihe.

Den Mann in der zweiten Reihe hatte er noch nie in der Kirche gesehen. Oder doch? Er blieb einen Moment auf den Stufen des Altarraumes stehen und schenkte auch ihm einen freundlichen Blick. Dann stutzte Pfarrer Müller. Das durfte nicht wahr sein! Das war kein neues Gemeindemitglied oder ein Tourist, sondern Ubaldo. Wie er sich verändert hatte! Emilio wurde für einen Moment schwindelig und er geriet ins Schwanken. Schon hatten sich zwei Frauen aus der dritten Reihe erhoben, um ihm zu Hilfe zu eilen. Aber er winkte beschwichtigend mit der Hand ab, eilte zu seiner Bank und ließ sich darauf nieder. Die Orgel setzte mit großem Getöse ein, Pedro drückte auf die Tube. Der Sohn des alten Grappa war nicht nur Bäcker, sondern auch Organist, und zwar ein hervorragender, um den manche Orte sie beneideten.

Am Ende des Gottesdienstes stand Pfarrer Müller am Ausgang der Kirche und verabschiedete sich von jedem seiner sieben Kirchgänger mit einem feuchten Händedruck. Die beiden Frauen aus der dritten Reihe blieben hartnäckig stehen, sie wollten unbedingt erfahren, was zu seiner Unpässlichkeit geführt hatte. Aber ihr Seelsorger legte ihnen nur die Hand auf die

Schulter – einer rechts, einer links – und wünschte resolut eine gute Woche. Etwas beleidigt stiegen sie die Treppenstufen hinunter.

Als Letzter trat Ubaldo aus der Kirche.

„Tach, Herr Pfarrer, eine zu Herzen gehende Predigt“, sagte er – dachte hingegen: Dein Geschwätz is mir so was von egal. Aber dass du erschrocken bist, das hab ich mitbekommen.

„Ha, Ubaldo, ich hätte dich fast nicht erkannt!“ Emilio verzog sein Gesicht zu einem Grinsen, dass aussah, als würde er in eine Zitrone beißen und nicht zugeben wollen, dass sie sauer war.

„Jo, hab ich gesehen, und ich glaub, es ist Zeit für eine zweite Faze to Faze Kommunition, so bei Kaffee und Kuchen“, Ubaldo grinste, er hatte dieses Wort neulich in der Zeitung gelesen, „ich komm morgen Nachmittag vorbei. Oder ham sie da schon einen Termin?“

„Nein, nein, du weißt ja, wo ich wohne.“ Was meinte der mit Faze to Faze Kommunition? Egal, nur weg hier. Die Hand, die Ubaldo ihm zum Abschied entgegenstreckte, nahm der Pfarrer nicht mehr wahr, er war mit flatterndem Talar fluchtartig in die Kirche zurückgerannt.

Durch den Nebenausgang der Sakristei eilte er über einen kleinen Weg rüber zum Pfarrhaus. Der helle Sommerhimmel der Vortage hatte sich durch graue Wolken verdrängen lassen und es wehte ein frischer Wind.

In seiner Wohnung sank Emilio Horatio Müller in seinen Sessel, kroch in sich zusammen und ließ alles noch einmal vor seinem Auge vorbeiziehen. Ach so, Face-to-Face-Kommunikation. Einerlei, er saß metertief in der Patsche.

Emilio Engel: Chef, wie kann ich ihm helfen? Chef?
Ubaldo Engel: Er ist vor zwei Himmelminuten weggeflogen.
Emilio Engel: So ein Mist.

Montag, 6. Mai: Gerüchteküche

„Haben sie das schon gehört, Frau Ruppin?“

„Was meinen sie? Und bitte, immer noch von Ruppin.“

„Ja, ja, also, der Ubaldo hat eine Flamme.“

„Der alte Friedhofsgärtner?“

„Ja, genau der, wer heißt denn sonst so.“ Frau Tasche blätterte geräuschvoll eine Seite ihrer Zeitschrift um.

„Da täuschen sie sich. Den nimmt doch keine, so wie er aussieht.“

„Eben, das ist ja das Eigenartige, sie haben ihn nicht in der Kirche gesehen.“

„Nein, da bringen mich keine zehn Pferde rein.“

„Das ist aber ein Fehler, denn ...“

„Wieso ist das ein Fehler? Das ist doch meine Sache, ob ich in dieses Gebäude gehe oder nicht.“

„Ich wollte sie nur darüber informieren, dass Ubaldo ...“

„Wieso? Sie haben gesagt, es sei ein Fehler, das ich nicht in die Kirche gehe.“ Die Trockenhaube der Beschuldigten schwang hoch und der Kopf mit den Lockenwicklern und dem breiten Frisierumhang drehte seine Massen bedrohlich nach rechts zu seiner Nachbarin.

„Aber, aber, meine Damen“, eilig kam der Frisör Leonardo aus dem Hinterraum in sein Arbeitsparadies zurück gerauscht. Es fehlte nur, dass sich seine Stammkundinnen noch wortwörtlich in die Haare gerieten! Extra für sie hatte er am Montag geöffnet, und nun dieser absurde Streit. Beruhigend tätschelte er dem erregten Lockenkopf die Schultern.

„Meine verehrte Frau von Ruppin, nehmen sie bitte wieder Platz, ihre Locken sind noch nicht fertig. Und sie sollen doch eine wahre Pracht werden.“ Daraufhin sank die Angesprochene, erschöpft ob des vorherigen großen Kraftaktes, zurück auf den Stuhl und unter die Haube.

„Aber es geht diese Dame neben mir überhaupt nichts an, ob ich in die ...“

„Natürlich, meine Verehrteste, natürlich.“ Er wandte sich seiner anderen Kundin zu. „Was wollten sie gerade von Ubaldo berichten, Frau Tasche?“ Ein verschmitztes Lächeln glitt über sein Gesicht.

„Er hat sich verändert.“ Dann schwieg sie beleidigt und widmete sich wieder ihrer Zeitschrift.

„Ja, da haben sie völlig Recht, liebe Frau Tasche. Sein neuer Haarschnitt steht ihm ausgesprochen gut.“ Stolz hob er seinen Kopf mit dem dunklen Zopf im Nacken und betrachtete sich selber im Spiegel. Zwei Sekunden später flogen seine Gedanken zurück zu Ubaldo, wie er mit seinen fettigen, langen, ungepflegten Haaren den Frisörsalon betreten hatte und wie er dann so völlig verändert mit einer flotten Kurzhaarfrisur wieder hinausgegangen war. Er, Leonardo, gestaltete seine Frisuren wie sein großer Namensgeber seine Bilder. Laut Geburtsurkunde hieß er Erich Schöneich, aber diesen Namen hatte er in den hintersten Ecken seiner Biographie versteckt. Frisör Erich, wie hörte sich das denn an! Hingegen Leonardo ...

„Ach“, der Kopf kroch erneut unter der Trockenhaube hervor, „Sie haben Ubaldo bedient? Doch nicht hier auf diesem Stuhl?“ Sie verzog angewidert ihren Mund.

„Nein, liebe Frau von Ruppin, die Herren sitzen immer auf der anderen Seite.“ Leonardo kehrte wieder in die Gegenwart zurück.

„Aber modern ist der Schnitt“, kam es von rechts anerkennend aus den Blättern der Zeitschrift.

„Dann können sie ihn ja nehmen, jetzt, wo sie Witwe sind“, konterte Frau von Ruppin. Zum Glück hatte der Frisör die Trockenhaube vorher eine Stufe höher gestellt, so dass die Worte in dem Brausen des Ventilators untergingen.

Herr Gott: Hoppla, wo ist den der vom heißen Ofen hin? Schau doch schnell mal nach, damit er keinen Unfug macht.
Lorenzo Engel: Ja, Chef.

Montag, 6. Mai:
Rosa Schwein und dunkle Planung

Seit einer halben Stunde wanderte Emilio vor seinem Arbeitstisch hin und her wie ein Tiger im Käfig. Von einem Fenster zum anderen und zurück. Dazwischen hing an der hellbeigen Zimmerwand wieder das Holzkreuz. Am rechten Balken war ein Stück abgebrochen, bei dem verhexten Sturz am Freitag. Mit Sicherheit eine Warnung von oben. Aber warum half ihm von denen keiner? Zum Beispiel mit einem nützlichen Gedanken?

Seufzend blieb er stehen und schaute auf das satte Grün der Wiese. Um sich zu beruhigen, mähte er immer den Rasen, gestern hatte ihm die Kraft dazu gefehlt. Und heute fehlte ihm die Zeit. Früher, in jungen Jahren, wollte er Gärtner werden, so wie Ubaldo. Ach, nein, was für ein Schlamassel.

Erneut nahm er seine Kurzwanderung auf. Sein Blick war in die Ferne gerichtet, hinter die Wolken am Horizont, die wie kleine Federkissen am blauen Himmel vorüber segelten. Gern wäre er mit verschwunden! Aber der knatschende Holzfußboden holte ihn bei jedem Schritt zurück in die Wirklichkeit.

Abrupt wandte Emilio sich zum runden Holztisch um. Dort hatten sie am Freitag gesessen und Kuchen gegessen. Ein paar Krümel zeugten noch davon. Oh, Frau Hoffmeister aus dem Nachbarort kam morgen! Immer dienstags und donnerstags kümmerte sie sich um den Haushalt. Verflixt! Sie durfte nichts von Ubaldos Besuch erfahren. Das schmutzige Geschirr in der Küche musste auch noch abgewaschen werden, sein ganzes Timing war durcheinander. Rasch fegte Emilio mit den Händen über den Tisch, auf dem Boden fielen die Reste nicht auf. Seine

Gedanken verhedderten sich in seinem Kopf. Verzweifelt schlug er sich gegen die Stirn. Wie konnte er Ubaldo von den Plänen abbringen?

Erst einmal frische Luft reinlassen. Emilio drehte sich zum linken Fenster. Was war denn das dort neben dem Apfelbaum? Da flitzte doch irgendetwas Rotes über den Rasen! Er eilte zum rechten Fenster. Da waberte eine weiße Wolke zwischen den Büschen. Zurück zum linken Fenster. Nichts. Zum rechten Fenster. Wieder nichts. Jetzt hatte er schon Halluzinationen.

In diesem Moment erschallte dröhnend der Klingelgong. Emilio schrak zusammen. Es war, als ob alle Glocken im Kirchturm sich in seine Ohren drängten. Ubaldo.

Doch nicht der stand vor der Tür, sondern Lorenzo Fröhlich, der Ortspolizist.

„Hallo", Emilio verbarg seine flatternden Hände hinter dem Rücken, „was führt dich denn zu mir?"

„Guten Tag, Herr Pfarrer, ich sammle!" Er hielt ihm ein rosa Sparschwein entgegen, das so groß war wie ein neugeborenes Ferkel. Darauf stand mit blauer Schrift „Für Rosa".

Auf Pfarrer Müllers Stirn bildete sich ein Fragezeichen.

„Ich sammle für unsere Rosa, sie braucht einen neuen Rollstuhl, einen schmaleren, mit dem sie bequemer im Laden herumfahren kann. Sicher haben sie schon davon gehört. Und ich bitte jeden hier im Dorf um eine Spende. Denn sie hat doch nur wenig Geld und so ein moderner ist teuer." Lorenzo stutzte, irgendetwas am Pfarrer irritierte ihn. Auf dessen Stirn hatten sich Falten gebildet und es sah so aus, als hätte er nur Bahnhof verstanden. Außerdem lud er ihn auch nicht ein reinzukommen, wie sonst immer.

„Aber wenn sie nicht genügend Geld haben, ist das kein Problem, dann gehe ich wieder", schob er schnell hinterher, drehte sich um und trat den Rückzug an.

„Nein, nein, Lorenzo, warte, ist völlig in Ordnung." Gar nichts war in Ordnung. „Ich hol nur kurz mein Portemonnaie." Dann rannte er zurück in den Flur.

Der Dorfpolizist trat unruhig von einem Bein auf das andere. War er ungelegen gekommen? Er drehte seinen Kopf und lauschte ins Haus hinein. Sein polizeilicher Instinkt war angesprungen. Hatte der Pfarrer Besuch, den er vor ihm geheim halten wollte?

„Hier, etwas für unsere Rosa." Pfarrer Müller steckte schnell einen Schein in den Schlitz des Schweins. „Viel Erfolg beim Sammeln." Und - rumms - war die Tür wieder zu.

„Herzlichen Dank und auf Wiedersehen, Herr Pfarrer." Den würde er in der nächsten Zeit im Auge behalten.

Auf der Straße vor dem Pfarrhaus kam ihm mit eiligem Schritt der Friedhofsgärtner entgegen.

„Schön, dich zu sehen, Ubaldo, hast du einen Euro für das Rosa-Sparschwein?"

„Pah, hab selber nichts. Wieso bettelst du denn? Dein Gehalt is mindestens dreimal so hoch wie mein mickriger Lohn!"

„Das ist doch nicht für mich ..." Aber Ubaldo war schon weitergegangen und in den Weg zum Pfarrhaus eingebogen. Abrupt blieb Polizist Fröhlich stehen: Mit dem stimmte auch etwas nicht. Er hatte zwar seinen alten löchrigen Anzug angehabt und seine ausgetretenen Schuhe, aber seine Haare waren sauber geschnitten und sein Bart abrasiert. Und er bewegte sich kerzengerade. So, als habe ihn irgendetwas innerlich aufgerichtet. Das wurde ja immer seltsamer.

Herr Gott: Wie bitte? Du bist durch deinen Polizisten abgelenkt worden und hast den vom heißen Ofen aus den Augen verloren?
Lorenzo Engel: Sorry.

Wieder erschallte im Pfarrhaus dröhnend der Türgong. Verflixt, ob das noch einmal der Dorfsheriff war? Der störte jetzt wirklich. Emilio eilte zurück zur Tür. Sein Herz klopfte heftig. Kam das vom schnellen Rennen? Vor der Tür angekommen, gestand er sich ein: Er hatte Angst.

„Jo, da bin ich." Energisch drängte der Friedhofsgärtner am Pfarrer vorbei ins Innere des Hauses.

„Hallo, Ubaldo." Meine Güte, hatte der es eilig. Emilio wurde es schummrig, hoffentlich machte sein Kreislauf nicht schlapp.

Währenddessen stand Ubaldo schon mit erhobener Nase im Arbeitszimmer und schnupperte. Kein Kaffeeduft, kein Kuchen, kein Geschirr auf dem Tisch. Wollte ihn der Pfarrer schnell wieder los werden?

„Setz dich doch." Emilio hatte die Suche bemerkt. „Einen Schnaps?", fragte er rasch, um Rückfragen zu vermeiden, „so einen richtig schönen Enzianschnaps?"

„Jo, gern. War Fröhlich auch bei ihnen?" Ubaldo hatte am Holztisch Platz genommen und machte es sich selbstbewusst gemütlich. Er lehnte sich zurück, legte die Arme auf seine Oberschenkel und streckte die Beine unter dem Tisch aus.

„Ja, er sammelt für den neuen Rollstuhl von Rosa." Emilio holte aus seinem Bücherschrank die Schnapsflasche zusammen mit zwei Gläsern und schenkte großzügig ein. Hoffentlich fiel Ubaldo das Zittern in seinen Händen nicht auf! Die Wasserflasche – nein, die blieb im Schrank, jetzt kam nur Hochprozentiges in Frage.

„Na, zum Wohl!“ Die kleinen Gläser klirrten, als sie anstießen.

„Auf Rosa“, knurrte Ubaldo.

„Auf Rosa!“, antwortete Emilio mit fester Stimme. Tief im Inneren pikste ein Zahnstocher in sein Herz. Ob Lorenzo etwas mit ihr angefangen hatte? So wie er sich für sie einsetzte, war das nicht ausgeschlossen. Außerdem hatte er sie beide schon zusammen am See gesehen, wie er in Freizeitkleidung ihren Rollstuhl schob, angeregt ins Gespräch vertieft. Emilio zog seinen Stuhl unter dem Tisch hervor und ließ sich darauf plumpsen.

„Also, Herr Pfarrer, was is nu mit unserer Abmachung?“

„Ja, weißt du, ich habe darüber nachgedacht“, Emilio drehte seinen Hals zum Holzkreuz hin, „das, was du da überlegt hast, geht nicht.“

Ubaldo setzte sich mit einem Ruck auf. „Wieso?“

„Wir dürfen dem Herrn nicht so ins Handwerk fuschen. Fünftes Gebot: Du sollst nicht töten.“ Emilio atmete tief ein und dann erleichtert aus, das war das richtige Argument. Sein pfarramtliches Argument. Dagegen konnte Ubaldo nichts einwenden. Pfarrer Müller schenkte beiden nach.

„Sie ham das völlig falsch verstanden. Wir wolln ihm doch die Arbeit e-r-l-e-i-c-h-t-e-r-n! Und ...“, Ubaldo machte eine Pause, die schwer in der Luft lag, „ich hab ihre Bedingung erfüllt. Sie ham mich am Sonntag erst mal nich erkannt.“ Sein triumphierender Blick fiel auf den Pfarrer wie ein dunkles Tuch.

„Ja, ja, das stimmt.“ Es trat eine kurze Pause ein, in der beide sich musterten.

Dann legte sich ein klitzekleines Leuchten auf das Gesicht von Emilio „Aber“, er deutete auf den schäbigen Anzug, den Ubaldo an diesem Nachmittag trug, „das nenne ich nicht erfüllt.“

„Na ja, jeden Tag kann ich nich so geschniegelt rumlaufen, dann reicht mein alter guter nich für das, was wir vorham.“

„Ach so, ja.“

Und Ubaldo holte zum nächsten Schlag aus. „Es wär doch schade, wenn das ganze Geld für die Rosa umsonst eingesammelt wär.“ Breit grinsend nahm er wieder seine entspannte Haltung ein.

Verflixt und zugenäht. Jetzt saß Emilio in der Erpressungsfalle. Verunsichert rutschte er auf seinem Stuhl hin und her. Ubaldo war ernstzunehmen, bei der Vergangenheit. Nicht auszudenken, zu was er noch fähig wäre. Verzweifelt suchte der Pfarrer nach einem Gegenargument. Er kramte in seinen Gehirnwindungen herum, aber er fand nur Leere, tiefe dunkle Leere wie im Blechkasten für die Kollekte. Emilio griff zur Flasche und schenkte Ubaldo nach. Plötzlich zerriss ein Hahnenkrähen die Stille im Raum. Und mit ihm kam der Gedankenblitz.

„Ich glaube, wir haben etwas vergessen. Ohne Üben wird uns nichts gelingen. Zum Beispiel“, Emilio zögerte einen Moment, „könntest du das Huhn der alten Berta, na du weißt schon, was ich meine, um die Ecke bringen.“ Er lehnte sich zufrieden zurück und schaute auffordernd sein Gegenüber an.

„Ne, Herr Pfarrer, Tiere sind ausgenommen, die töte ich nich. Ich kann nich mal einer Fliege was Böses tun“, und er fügte hinzu „die warn auch nich Teil des Plans.“

Wieder trat Stille in den Raum. Draußen gackerte in der Ferne schadenfroh ein Huhn, ein anderes antwortete. Was war nur mit den Tieren los? Wieso mischten sie sich in das Gespräch ein?

„Aber wir müssen klein anfangen, ganz klein."

„Herr Pfarrer, ich hab den Eindruck, sie wolln sich drücken", warnte Ubaldo mit erhobenem Zeigefinger, „ich sag nur Rosa."

In Emilio Horatio Müller kochte es langsam, aber sicher wie in einem Kartoffeltopf, in dem der Dampf von innen den Deckel anhebt. Am liebsten hätte er sich auf Ubaldo gestürzt und ihm den Hals umgedreht. Bevor er diesem Impuls nachgeben konnte, schwebte aus heiterem Himmel etwas Wolkenartiges vor seinem Gesicht herum. Er wischte sich über die Augen, und dann hatte er ihn, den Ausweg.

„Ubaldo, was hältst du davon, wenn wir die Leute zuerst erschrecken. Zum Beispiel, indem wir sie ...", er legte seine Hand an sein Kinn und überlegte, „bestehlen!" Ja, das war die Lösung. Dann würde der Polizist Lorenzo aufmerksam werden und sie müssten alles ad acta legen. Stehlen war bei weitem nicht so verwerflich wie Töten. „Die alte Berta zum Beispiel hat immer ihre Hintertür in den Garten offen stehen, da kann man einfach reinspazieren und ..."

„Jo, das is ne gute Idee. So fangen wir an."

„Alles andere erledigen wir danach gemeinsam." Damit hätte er Ubaldo unter Kontrolle und könnte das Schlimmste verhindern. Er merkte, das dieser kurz den Atem angehalten hatte. „Aber erst mal anfangen und üben", schob er schnell hinterher.

Der Friedhofsgärtner schaute ihn mit skeptisch gerunzelter Stirn an. Emilio sah die Gedanken vor sich: Will er doch nich?

„Noch nen kleinen Schluck?" Das war die Achillesferse von Ubaldo Ohnesorg.

„Jo.“ Dieser nickte und schob ihm sein Glas über den Tisch entgegen.

Während Ubaldo den Schnaps kippte, schaute Pfarrer Müller kurz zum Kreuz. Es hing auf einmal etwas schief. Verdammt, von oben genehmigt war sein Plan nicht, aber anscheinend nicht so schlecht, dass das Kruzifix warnend gleich wieder runterfiel.

„Also, dann lass uns mal überlegen“, er setzte sich auf seinen Stuhl, „fangen wir mit der alten Berta an.“

Emilio Engel: Puh, das war knapp.
Ubaldo Engel: Aber noch mal geschafft.
Lorenzo Engel: Chef, der vom heißen Ofen ist wieder da!
Herr Gott: Gut, den Weißgeflügelten sei Dank.

Montag, 6. Mai:
Erste Feriengäste

„Hubertus, schau nur, diese zauberhafte Aussicht! Dahinten der blau schimmernde See und hier unter uns die alten Steinhäuser in der hellen Abendsonne!“

„Aber wenn ich an die kurvenreiche Auffahrt denke, wird mir jetzt noch schlecht. Und zu Fuß führt in den Ort nur eine steile Steintreppe. Die wieder mit den Einkäufen hoch, vielen Dank.“

„Aber wir können doch mit dem Auto zum Laden fahren! Wir haben ja jetzt unendlich viel Zeit. Für alles. Zum Ausruhen und genießen. – Hubertus?“ Sie hörte, wie eine Tür im Haus zuklappte. Prima, so ein Urlaubsbeginn mit Muffel. Vielleicht sollte sie die steile Treppe ausnutzen ...

Lorenzo Engel: Chef, was sind denn das für Leute?
Herr Gott: Abwarten.

Dienstag, 7. Mai: Haushalterische Verwunderung

Krawumms!

Emilio schreckte auf und saß senkrecht im Bett.

Regen prasselte vehement gegen die Scheibe, als wolle er ins Haus eingelassen werden. Ein Blitz zuckte am Fenster im ersten Stock vorbei und fast gleichzeitig knallte der Donner in Emilios Ohren. Er fuhr zusammen und wäre am liebsten unter die Bettdecke gekrochen. Wie war das noch in seiner Kindheit, bei seinem Urlaub mit den Eltern in Berchtesgaden? Sie hatten bei Gewitter immer gesagt: Der Berg in Ortsnähe, der Watzmann, schimpft mit seinen Kindern. Ob der Himmel jetzt mit ihm schimpfte? Unsinn.

Energisch schwang er seine Füße von der Matratze auf den Boden und erhob mit einem kräftigen Schub der Muskeln seine Körpermassen. Dann stampfte er mit festem Schritt ins Badezimmer hinüber, um mit einer warmen Dusche seine Angst zu vertreiben. Er war doch kein Kind mehr!

Nach dem Frühstück kam, pünktlich wie immer, seine Haushälterin Valenzia Hoffmeister aus dem Nachbarort. Er hörte das Platschen ihrer Schuhe, als sie ihr Fahrrad vom Gartentor zur Haustür schob und dabei in jede Pfütze trat. Der Weg müsste mal wieder neu gepflastert werden, dachte Pfarrer Müller, aber ob das Kirchenamt dafür bei den knapper werdenden Budgets noch Geld ausgeben würde? Er seufzte auf.

Ein leichtes Klacken erreichte seine Ohren, das Fahrradschloss, und kurz darauf helle Töne der Fahrradklingel. Damit kündigte sie immer ihren Vormarsch ins Haus an. Heute klangen sie für Emilio bei seiner Gemütslage wie schrille Weihnachtsglöckchen.

Da er sich mit Ubaldo erst am Nachmittag zu ihrer geplanten Übung treffen wollte, gab es keinen Grund zur Aufregung. Aber alles in ihm spannte sich an: Hoffentlich merkte Valenzia nichts von ihren Plänen! Hatte er etwas anders hingelegt als üblich oder doch ein Schnapsglas nicht abgewaschen oder ... Das Holzkreuz! Wie sollte er begründen, dass es runtergefallen war?

Schon drehte sich mit leichtem Klack das Haustürschloss. Frau Hoffmeister hatte einen Schlüssel, das ging an normalen Tagen in Ordnung. Aber heute passte es Emilio überhaupt nicht, er hatte keine Zeit mehr, sich eine Erklärung für den Schaden am Holzkreuz zu überlegen.

„Guten Morgen, Herr Pfarrer!“, Valenzias Regencape raschelte, als sie es an der Garderobe aufhängte, „haben sie dieses Gewitter gut überstanden?“ Sie wusste, dass ihr Arbeitgeber bei einem solchen Ereignis immer seinen Kopf einzog und sich in seinem Sessel vergrub, wohingegen sie mit strahlendem Gesicht am Fenster stand, wenn die Blitze über den Himmel sausten und der Donner so richtig schön krachte.

„Ja, ja, liebe Valenzia, war gar nicht so schlimm, fand ich“, log Pfarrer Müller, während er schnell seinen blauen Regenmantel von der Garderobe nahm, wo er für einen kurzen Moment einträchtig neben dem roten Regencape der Haushälterin gehangen hatte, „ich sehe mir mal die neuen Ferienhäuser an.“

„Heute? Sie spazieren doch dienstags immer am See entlang.“

„Aber vielleicht ist der übergelaufen, bei dem vielen Regen, und ... es ist wichtig, einmal seine Routine zu ändern.“ Mit diesen Worten ließ Pfarrer Müller seine verdutzte Haushälterin stehen und schlug die Haustür zu. In Wirklichkeit wollte er sich das Haus der alten Berta noch einmal von der Rückseite her anschauen, um zu prüfen, ob ihr Plan realistisch war.

„Was ist denn in den gefahren?“, murmelte Valenzia Hoffmeister. Dann drehte sie sich um und marschierte kopfschüttelnd zur Besenkammer am Ende des Flurs, um sich mit ihren Putzmitteln zu bewaffnen. Der See und überlaufen, bei dem bisschen Regen, so ein Quatsch. Was solls. Energisch vertrieb sie die Gedanken, so wie sie den Staub aus dem Staubtuch ausschlug. Hauptsache, die Wohnung kam in Ordnung. Wie immer betrat sie zuerst das Arbeitszimmer, um es unter ihren fleißigen Händen in neuem Glanz erstrahlen zu lassen.

Und blieb erschrocken stehen. Das Holzkreuz!

Nein hier war definitiv etwas nicht in Ordnung.

Emilio Engel: Chef, wir können doch diese Frau zu Hilfe nehmen!

Herr Gott: Nein, das müsst ihr schon alleine regeln.

Emilio Engel: Na ja, ...

Dienstag, 7. Mai:
Übungsstehlen

Wo nur Ubaldo blieb? Sie hatten drei Uhr verabredet, jetzt war es schon viertel nach.

Mit einem Angstkloß im Bauch wanderte Emilio ruhelos um den Holztisch herum. Dabei huschte sein Blick immer wieder zu dem kleinen weißen Zettel, der sich hell vom dunklen Holz abhob: Lieber Herr Pfarrer, wenn sie Hilfe brauchen, rufen sie mich bitte an, Valenzia Hoffmeister. Wie kam seine Haushälterin darauf, dass er ihre Hilfe benötigte?

Das Holzkreuz! Es hing wieder gerade. Er selber hatte mindestens zehnmal versucht, es in seine ursprüngliche Hängung zu drängen, aber immer fiel es beharrlich in seinen schiefen Zustand zurück. Und jetzt? Das musste das Werk von Valenzia sein. Warum war es ihr gelungen? Verflixt und zugenäht. Zum Glück hatte sie ab heute zwei Wochen Urlaub, da kam sie ihnen nicht mehr in die Quere.

Ubaldo Engel: Ob er den Plan aufgibt?
Emilio Engel: Ne, glaub ich nicht.
Ubaldo Engel: Das hat mit Glauben nichts zu tun. Wollen wir wetten?
Emilio Engel: Wetten, du spinnst, der Chef würde uns zum heißen Ofen schicken.

Der Glockengong dröhnte und Emilio zuckte zusammen. Demnächst würde er den Ton leiser stellen, diese Lautstärke war Gift für seine Nerven. Seine Hand griff nach dem Zettel und ließ ihn schnell in einer Hosentasche verschwinden. Schweiß trat ihm auf die Stirn und er verspürte einen deutlichen Harndrang.

„Ja, ja, ich komme“, brüllte er die Haustür von innen an. Sollte er Ubaldo schon reinlassen? Auf keinen Fall, der würde dann sicher in seiner Wohnung rumstöbern.

„Muss nur schnell noch mal für kleine Pfarrer!“, rief er und flüchtete mit hastigen Schritten von der Tür zurück zum WC.

Draußen grummelte Ubaldo in seine Drei-Tage-Bartstoppeln. Vor dem Spiegel hatten sie schick ausgesehen, fand er.

Nach, wie ihm schien, ewiger Wartezeit ließ er sich erst mal auf die rote Steinmauer nieder, die den Weg zur Haustür begrenzte. Warum das nur so lange dauerte?

„Was is das denn“, ruckartig sprang Ubaldo auf, ihm war plötzlich so kalt an seinem Allerwertesten. Er fasste seinen Hosenboden an. Nass. Regenreste. Und das bei seiner guten Anzughose. So ein Scheiß.

Endlich wurde die Tür geöffnet.

„Hereinspaziert“, im selben Moment hielt Pfarrer Müller ihn mit ausgestreckten Armen zurück, „aber das ist ja Blödsinn, lass uns gleich losgehen. Ich meine, je schneller dahin, desto schneller davon.“ Oder so. Mit heftigem Ruck zog er die Tür seines Pfarrhauses zu.

Er stand jetzt dicht vor Ubaldo und seine Geruchszellen wurden eingehüllt von einer penetranten Parfümwolke. Der Frühling stülpte sich mit unvorstellbarer Macht über ihn. Maiglöckchen! Was für ein Blödsinn, sich geruchsmäßig so zu kennzeichnen! Er selber würde höchstens nach Angstschweiß riechen. Emilio öffnete seinen Mund, um ihren ersten Einsatz aufgrund dieses Erkennungsmerkmals zu verschieben, als ihn ein freudiger Gedanke erfüllte: Das Parfüm wies eindeutig auf

Ubaldo hin und er, Pfarrer Emilio Horatio Müller wäre aus dem Schneider.

„Riecht gut, nich? Hab ich absichtlich aufgesprüht", der Parfümierte grinste über den in seinen Augen gelungenen Streich, „sollte Marina bekommen, aber da war sie schon weg. Falsche Fährte. Kennt keiner."

„Tolle Idee." Du Schlaumeier, die Polizei wird es mit Sicherheit bei dir finden. Wieder eine Chance für Emilio, heil aus der Sache rauszukommen.

Mit festen Schritten lief er vor Ubaldo her in Richtung Gartenpforte. Dort trennten sie sich wie verabredet: Pfarrer Müller wandte sich nach links, um zur Vorderseite des Hauses zu kommen, und der Friedhofsgärtner eilte nach rechts zur steilen Treppe hoch zu den Ferienhäusern, um von hinten über die Wiese heranzuschleichen. Sie waren auf ihrer ersten Tour.

Ubaldo Engel: Wieso grinst der vom heißen Ofen so?
Emilio Engel: Na, zum Glück ist er hier oben und nicht da unten.

Dienstag, 7. Mai: Überraschendes Kaffeetrinken

Während sich das Böse in Gestalt von Emilio und Ubaldo ihr nahte, stand die alte Berta in der Küche am Herd und kochte sich seelenruhig ihren Nachmittagskaffee.

Der Rollstuhl war in diesem Moment in den Flur verbannt, denn: Sie brauchte ihn schon lange nicht mehr. Ihr Bein war nach dem Sturz vor einem Jahr auf der Kirchentreppe wieder voll einsatzfähig. Fast schien es ihr, dass sie besser zu Fuß war als vorher. Trotzdem genoss sie es zwischendurch immer mal, sich von anderen schieben zu lassen. Wenn es ihr, ach je, so schlecht ging, dass sie die Verletzung schmerzhaft spürte, wie sie dann behauptete. Die alte Berta lächelte bei diesem Gedanken spitzbübisch ihren Wasserkocher an. Vor allem den Pfarrer erinnerte sie regelmäßig an den Unfall, indem sie sich mit ihrem Rollstuhl in die vorderste Reihe direkt unter die Kanzel stellte. Schließlich waren es seine Kirchenstufen gewesen, die sie übersehen hatte. Na ja, wenn sie ehrlich zu sich selber war: Ihn traf keine Verantwortung, ihre Augen hatten nicht auf den Stufen gelegen, sonder auf dem jungen Ding aus dem Nachbarort, das den Pfarrer in dem Moment anhimmelte und sein Gesicht zum Leuchten brachte. Bei ihrem Anblick, obwohl treue Kirchgängerin, strahlte er nie. Pah, das Alter, nicht zu viel nütze.

Berta ließ ihren Kopf hängen und stützte sich mit den Händen auf die Küchenarbeitsplatte. Das Einzige, was ihr noch richtig Spaß machte und dem Leben einen Sinn gab, hatte sie Rosa zu verdanken: Mit ihr spielte sie leidenschaftlich gern Rollstuhltennis. Die junge Frau war so humorvoll und energiegeladen trotz ihres Handicaps, einfach bewundernswert.

Im Hinterhof gackerten vergnügt ihre drei Hennen, und ab und zu krähte der Hahn dazwischen und gab seinen tierischen Senf dazu.

Plötzlich gackerte es zusätzlich an der Haustür. Die alte Berta hatte sich extra diesen Spezialton auf ihre Klingel legen lassen.

„Komme!", rief sie aus der Küche und lief in den Flur. Dort schwang sie sich in ihren Rollstuhl. Wer weiß, wer davor stand! Wenn das der Medizinische Dienst der Krankenkassen wäre und die sähen, wie fantastisch sie auf ihren zwei Beinen gehen konnte, dann Gute Nacht mit der Unterstützung.

„Ach, Herr Pfarrer, was verschafft mir die Ehre ihres Besuches?" Erstaunt schaute sie aus ihrem Rollstuhl hoch. Den Mann vor ihr erkannte sie kaum wieder. Er trug zu einer schwarzen Jogginghose ein langärmeliges schwarzes Sweatshirt, das nicht recht wusste, wie es den dicken Bauch bedecken sollte. Neue rabenschwarze Turnschuhe verliehen ihm ein jugendliches Aussehen. Was wollte der denn hier? In ihrem Haus hatte der Pfarrer sie noch nie aufgesucht, selbst nach dem Unfall war er nur einmal im Krankenhaus erschienen.

„Liebe Berta, beim Vorbeigehen habe ich mir gedacht – oh, das duftet herrlich nach Kaffee!"

„Ja, ja, kommen sie schon rein." Etwas widerwillig gab sie ihrem Rollstuhl einen Schubs von der Tür weg und fuhr voraus in die Küche. Jetzt war sie gezwungen, ihren schönen Kaffee mit dem Pfarrer zu teilen! Wie ärgerlich. Mühsam rangierte sie zwischen Küchentisch und Ablageschrank zur Kaffeemaschine. Verdammt! Der Platz war zu eng. Aber zum Laufen reichte er eben.

„Warten sie, ich schiebe den Tisch mal ein Stück weiter zurück. Dann kommen sie besser durch.“ Gesagt, getan. Der Pfarrer hatte nicht einmal gefragt, ob sie ihm das erlauben würde. Unerhört, so in ihr Leben einzudringen.

„Danke, das Herumzirkeln gehört zu meinen Rollstuhlübungen.“

Berta Engel: Die ist nicht ohne!

Herr Gott: Richtig, du musst sie im Auge behalten.

Berta Engel: Puh, Chef, noch mehr Arbeit? Lieber zwei weitere Halleluja als diese alte Schach ... ich meine Dame in Schach zu halten.

Herr Gott: Ruhe jetzt, wir müssen Böses verhindern.

Berta Engel: Jawohl, Chef.

„Moment mal, war da nicht ein Geräusch an der Hintertür?“ Die alte Berta versuchte, den Rollstuhl in der Küche zu drehen. Dabei schob sie den Küchentisch so energisch zur Seite, dass der Pfarrer zwischen Fenster und Tisch eingeklemmt wurde. Weil sie trotzdem nicht aus ihrer Enge herauskam, rollte sie kurzentschlossen in einem Affenzahn rückwärts, drehte dann aus dem vollen Lauf heraus nach rechts und rauschte durch die Tür ins angrenzende Wohnzimmer.

„Ach, Ubaldo, was suchst du denn hier?“ Sie schnupperte. „Und was ist das für ein penetranter Geruch?“

„Guten Tach, äh, ich wollt nur schauen, ob alles in Ordnung is. Durch den Hintereingang könnten ganz leicht Einbrecher reinkommen.“

Emilio hielt die Luft an. So ein Trottel, sich erwischen zu lassen. Wenigsten hatte er eine Ausrede parat.

„Na, dann teile ich meinen kostbaren Kaffee halt mit zwei Männern.“

„Ach, wieso zwei? Ich bin doch nur einer.“

Aber die alte Berta war schon vorgefahren und Ubaldo folgte ihr in die Küche.

Ubaldo Engel: Guck dir mal den vom heißen Ofen an, wie missmutig der dreinschaut!

Emilio Engel: Prima.

Dienstag, 7. Mai: Kneipenabend

„Und dann stand auf einmal Ubaldo in meinem Wohnzimmer."

„Hab dir immer gesagt, du sollst die Hintertür geschlossen halten, wenn du in der Küche bist."

„Klugschnacker." Die alte Berta hob ihr Weinglas und nippte kurz daran. Rechts oben an der Wand brüllten die Massen „Tooor!". „Stell doch bitte mal den Fernseher leiser, da wird ja ein normal gepolter Mensch taub von."

„Aber meine anderen Gäste mögen es", entgegnete der alte Grappa und putzte seelenruhig weiter an einem Bierkrug herum. Es war immer dasselbe Spiel mit ihnen beiden. Als er jedoch den scharfen Blick der alten Berta in den Augenwinkeln auffing, warf er schnell sein Handtuch auf den Tresen und griff zur Fernbedienung. Sie meinte es ernst. Und er mochte Berta. Wenn sie nicht mehr käme – das hatte sie schon mal angedroht - dann würde ihm ordentlich was fehlen. Im Hintergrund war ein Grummeln zu hören; aber die anderen, auch die aus dem Nachbarort, hatten sich daran gewöhnt, dass, wenn der Rollstuhl zu sehen war, sie ihre Ohren weiter aufsperren mussten.

„Danke." Berta setzte ihr Weinglas erneut an und nahm jetzt, um die Spannung zu erhöhen, erst einmal genussvoll einen tüchtigen Schluck. Verschmitzt schielte sie zum Kneipenwirt und ließ ihn zappeln. Denn der hatte den Bierkrug ins Regal gestellt und wartete jetzt auf die Fortsetzung der Geschichte. „Na und weiter?"

„Ubaldo hatte“, sie kicherte, „nicht nur seinen feinen Anzug an, sondern sich auch noch mit Parfüm besprüht. Ach was heißt besprüht, er hatte darin gebadet.“

„Parfüm?“

„Ja, Maiglöckchen! Wenn wir den Duft in unserer Kirche hätten, dann kämen bestimmt auch mehr Leute zum Gottesdienst.“ Der feucht-muffige Geruch des alten Gemäuers beleidigte schon lange ihre Geruchsnerven.

Grappa schüttelte verwundert seinen Kopf. „Vielleicht hat er eine neue Flamme? Frau Tasche hat so was geäußert.“

„Ubaldo? Nein, das glaube ich nicht, der trauert doch immer noch seiner Marina hinterher. Da steckt was anderes dahinter. So, dann will ich mal wieder.“ Sie stellte das Weinglas auf den Tresen und schwang sich vom Barhocker in ihren Rollstuhl. „Ciao.“

Der alte Grappa eilte vor zur Tür. Er öffnete sie schmunzelnd mit einer leichten Verbeugung.

„Übrigens“, in der geöffneten Tür zog die alte Berta schnell einen Gegenstand an der linken Seite ihres Rollstuhls hervor, „wenn jetzt einer kommt, dann –“, sie holte aus und schlug kurz durch die Luft, „hau ich ihm mit dem Tennisschläger auf den Kopf, das Netz reißt und er sitzt in der Falle.“ Und sie lachte auf. Es klang fast wie das Gackern ihrer Hühner.

Grappa Engel: Hihi, die hat vielleicht Einfälle!
Berta Engel: Klasse Frau.
Herr Gott: Ach, vor kurzem war sie noch eine alte Schach ...
Berta Engel: Na ja, sie hat eben die verschiedensten Seiten.
Grappa Engel: Interessante Frau.
Berta Engel: Sag ich doch.

Herr Gott: Konzentration, Leute.

Grappa Engel: Jawohl, Chef.

Mittwoch, 8. Mai:
Neuer Plan

Mittwochnachmittag. Stumm saßen sich Pfarrer Müller und der Friedhofsgärtner im Arbeitszimmer am Holztisch gegenüber. Von draußen lachte die Sonne schadenfroh herein und ließ ihre Strahlen auf die Tischplatte fallen, als wolle sie sich über die beiden und ihre düsteren Gedanken lustig machen.

Ubaldo schaute nach unten auf seine Hände und pulte an seinen Nägeln herum. Ihm war es unendlich peinlich, dass er gegen den großen Metallmilchkrug gestoßen war und damit das Geräusch im Wohnzimmer der alten Berta ausgelöst hatte.

Emilio fuhr immer wieder mit seinen Fingern durch die Haare, seine Gedanken wirbelten wild durcheinander. In der Nacht hatte er kaum geschlafen, die Erinnerung an den missglückten Besuch bei der alten Berta saß zu fest in seinem Kopf. Er sah sich und Ubaldo immer noch in der Küche sitzen. Und wenn er einmal kurz weggesackt war, dann landete er im Traum wieder in der Küche. Sie hatten am vergangenen Nachmittag nach der verpatzten Tat zu lange bei Kaffee und Keksen dort gehockt und über belangloses Zeug geredet, das keinen interessierte. Zum Beispiel über den neuen Belag des Tennisplatzes bei Felipe. Na ja, für die alte Berta war das schon wichtig. Aber Ubaldo hatte nur die Augen zur Decke gerichtet und hörbar geschnauft. Oder über die beiden Feriengäste. Von Haubenstein, was für ein Name. Am Morgen war Emilio mit Kopfschmerzen aufgewacht. Zum Glück hatte die alte Berta Ubaldo nicht auf seinen Anzug und das Parfüm angesprochen. Dann wären sie in gewaltige Erklärungsnot gekommen.

„Ich glaub, das mit dem Parfüm sollt ich wohl lassen, oder?" Konnte sein Friedhofsgärtner Gedanken lesen? Das war unheimlich.

„Ja, auf jeden Fall. Und wir sind damit schon richtig aufgefallen, mit unserem Besuch zu zweit. Die alte Berta schaute immer so fragend von dir zu mir. Hast du das nicht bemerkt? Wahrscheinlich ist es besser -", Emilios Blick wanderte kurz zum Holzkreuz, „wenn wir unsere Pläne innerlich vernichten."

„Aber", Ubaldo stemmte seine Hände in die Hüften und richtete sich kerzengerade auf, „sie wolln doch jetzt nich kapiti -, ich mein aufgeben." Er schickte seinem Gegenüber einen bitterbösen Blick. „Ihre Pfarrei steht auf dem Spiel."

„Und dein Friedhof", ergänzte Pfarrer Müller müde.

„Und Rosa."

„Lass Rosa aus dem Spiel!", schrie Emilio und sprang von seinem Stuhl hoch. Dieses fette Grinsen in Ubaldos Gesicht! Am liebsten wäre er ihm an die Kehle gegangen und hätte zugedrückt. Endlich ein Toter für den Friedhof - und ein Pfarrer im Gefängnis, nein, das war Schwachsinn. Er plumpste wieder auf seinen Stuhl. Ruhe, nur Ruhe bewahren. Es musste doch einen Weg geben, Ubaldo von seinen Plänen abzubringen ... Emilio klopfte mit den Fingern auf die Tischplatte. Jetzt könnte er von oben einen heißenTipp gebrauchen.

Emilio Engel: Ach ne, jetzt ruft er nach unserer Hilfe.

Ubaldo Engel: Nein, nicht unsere, er will doch einen h-e-i-ß-e-n Tipp. Der dahinten grinst schon so.

Lorenzo Engel: Ich glaube, der irdische Außendienstmitarbeiter des Chefs weiß nicht, was er denkt.

Erst einmal zum Schrank und das Allheilmittel für Ubaldo holen. Auf dem kurzen Weg da hin traf ihn ein kleiner Blitz. Heureka! Das war die Idee!

„Also, ich denke“, er drehte sich um, stellte zwei Schnapsgläser auf den Tisch, holte tief Luft und schenkte sich selber ein, „es ist wichtig“, über Ubaldos Glas hielt er die Flasche einen Augenblick an, „dass jeder, wie ursprünglich angedacht, seine Tat allein vollbringt. Denn wenn wir wieder zu zweit auftauchen, ist das verdächtig.“ Im Stillen frohlockte er: Dann habe ich die Chance, dich an die Polizei zu verraten und Rosa ist in Sicherheit.

„Jo, gute Idee. Aber ausklamüsern müssen wir das Ganze zusammen. Und genau aufschreiben. Am besten mit Unterschrift.“ Ubaldo war zufrieden: Dann sitzt er mit im Boot, wenn sie mich erwischen.

Pfarrer Müller zögerte einen Moment.

„Abgemacht. Den Zettel legen wir in meinen Tresor.“ Ups. Das hatte er für sich behalten wollen, das mit dem Tresor. Den hatte er sich in der Küche fest im Schrank einbauen lassen, um eine wertvolle kleine Marienstatue zu verstecken. Er hatte sie erst beim Tod seines Vaters in einem Karton auf dem Dachboden entdeckt. Mit einem Zettel daran: Geklaut für meinen ungläubigen Sohn. Und deshalb war er Pfarrer geworden, nur, um seinem Erzeuger im Nachhinein eins auszuwischen.

Ubaldo beugte sich verschwörerisch über den Tisch.

„Sie ham einen Tresor?“

Verflixt! Ubaldos Interesse gefiel ihm überhaupt nicht.

„Den haben doch alle Pfarreien.“ Wie leicht ihm diese Lüge über die Lippen gerutscht war. Er räusperte sich. „Damit wichtige

Dokumente nicht verschwinden." Hoffentlich hatte Ubaldo das geschluckt.

Lorenzo Engel: Der lügt wie gedruckt, einfach so.
Emilio Engel: Das war ... eine Notlüge.
Lorenzo Engel: Und du glaubst, der Chef akzeptiert das?
Emilio Engel: Weiß nicht.

„Und, wo ist der ... der Tresor?", fragte Ubaldo lauernd.

Aber darauf ging Pfarrer Müller nicht ein. „Lass uns alles neu überdenken", lenkte er ab.

Zögerlich lehnte Ubaldo sich wieder auf seinem Stuhl zurück. Na gut, spätestens, wenn sie den Zettel reinlegten, würde seine Frage beantwortet werden.

Emilio schenkte noch einmal ein, holte Papier und Stift und begann zu schreiben:

„Der Friedhofsgärtner kümmert sich um die alte Berta und Felipe. Der Pfarrer kümmert sich um den Frisör Lorenzo und den alten Grappa. Um Frau Tasche kümmern sich beide zum Schluss gemeinsam."

Beide leisteten ihre Unterschrift. Ihr Ziel vereinbarten sie mündlich: Bis Monatsende sollten mindestens zwei Gräber belegt sein. Sie hatten ab heute dreiundzwanzig Tage Zeit.

Ubaldo war klar, warum der Pfarrer das so geschickt umschrieben hatte mit „kümmern": Im Notfall konnte sie keiner zur Verantwortung ziehen.

Emilio seinerseits hatte den Hintergedanken: Dann kann ich sagen, Ubaldo hat das falsch verstanden, und bin raus aus der Geschichte.

Im folgenden scheinbar lockeren Gespräch über das Wetter und die Feriengäste flossen, ehe Ubaldo es sich versah, drei weitere Schnäpse seine Kehle hinunter, und der Gedanke an den Tresor verzog sich in nebelartige Gebiete seines Kopfes. Als der Pfarrer die Schnapsflasche demonstrativ in den Schrank zurückstellte, verstand Ubaldo, dass es für ihn Zeit war zu verschwinden. Schwankend stand er auf und verließ winkend das Pfarrhaus.

Und Emilio? Kaum hatte er die Haustür geschlossen, rannte er ins Arbeitszimmer, griff sich das beschriebene Stück Papier, stieß mit seiner linken kleinen Zehe an ein Stuhlbein, schrie vor Schmerz auf, eilte weiter in die Küche – und deponierte mit einem Seufzer der Erleichterung den verräterischen Zettel im Küchentresor.

Ubaldo Engel: Das wird lustig!
Lorenzo Engel: Was ist denn daran lustig? Wer nach oben kommt, bestimmt noch immer der Chef.
Ubaldo Engel: Abwarten.

Donnerstag, 9. Mai: Huhnfangversuch

Jetzt reicht´s!

Wütend wie ein wild gewordener Stier warf Ubaldo die Decke zur Seite und sprang aus seinem Bett. Dieses vermaledeite Huhn! Erst fünf Uhr! Gerne hätte er weitergeschlafen und sich von dem für ihn so anstrengenden Gespräch gestern Nachmittag erholt. Wenigstens hatten sie jetzt einen festen Plan, aus dem keiner mehr rauskam. Nur den Tresor, den kannte er immer noch nicht. Der viele Schnaps und das Gequatsche. Aber es war noch nicht aller Tage Abend.

Ubaldo zog mit einem Ruck seine alte Anzugshose über die graue löchrige Schlafanzughose, aus der sein linkes Knie schon neugierig wie ein heller Mond rausguckte, und stapfte die schmale Holztreppe runter. Seine Prinzipien, keine Tiere zu töten, waren ihm jetzt egal. Irgendwo lag doch noch dieser alte Kartoffelsack?

Seine Küchentür quietschte beim Öffnen, musste mal wieder geölt werden. Das schmutzige Abendbrotgeschirr auf dem Tisch schaute ihn vorwurfsvoll an. Konnte warten. Ubaldos Blick irrte suchend herum. Ach da, unter der Spüle. Er nahm zusätzlich die alten Brotreste aus dem Korb und schlich sich durch die Vordertür nach draußen und um die Ecke zur Hausrückseite.

Da war es, das verfluchte Huhn, und rupfte wie ein Unschuldslamm am Gras unter dem Fenster.

„Putt, putt, putt“, lockte Ubaldo zuckersüß und warf ihm eine Brotkrume zu.

Überrascht hob das Huhn den Kopf. „Gock, gock, gock.“

„Jo, komm doch, putt, putt, putt." Langsam schlich Ubaldo näher.

Das Huhn hatte jetzt alle Vorsicht fahren gelassen und pickte eifrig nach dem alten Brot.

„Ach, deshalb ist sie immer bei dir", erscholl eine energische Stimme hinter ihm. Die alte Berta!

Schnell kniete sich Ubaldo auf den Kartoffelsack, um so sein Vorhaben zu verbergen. Schon knirschten die Räder des Rollstuhls auf dem Kiesweg und die Fahrerin hielt direkt neben ihm an. Hätte er doch nur auch vor dem Haus Kies gestreut! Aber er war zu geizig gewesen, deshalb lagen dort noch die glatten Platten. Und so hatte er die alte Berta nicht zeitig genug gehört.

„Warum kniest du denn auf dem Sack da? Das ist doch ungemütlich."

„Jo, is es", Ubaldo rutschte ein bisschen hin und her, die Kieselsteine piksten in seine Knie, „aber ich will sie ... sie soll in Ruhe fressen." Er hatte seinen Blick fest auf das freche Huhn gerichtet. Deshalb bemerkte er nicht, wie die alte Berta ihr Gesicht zu einem breiten Grinsen verzog, so dass ihr Mund dabei fast den Ohren „guten Tag" sagte.

„Wetten, dass sie lieber richtiges Hühnerfutter hätte?" Ein leichter Regen aus verschiedensten Getreidekörnern fiel raschelnd auf den Weg vor Ubaldo. Verdammt, jetzt hatte er die ganze Sauerei auf seinem Grundstück und es würden noch mehr Hühner angelockt. Schon trippelte die morgendliche Schreihälsin munter auf die Körner zu und um die Ecke bog mit erhobenem Kopf ihr stolzer Hahnengatte.

„Falls sie nicht von alleine zu mir rüber kommen, steck sie doch einfach in den Sack und bring sie zurück." Mit quietschenden Rädern drehte die alte Berta um und fuhr wieder zu ihrem Haus.

Ubaldo ballte die Hände zu Fäusten und schimpfte laut vor sich hin. Erschrocken flogen die Hühner auf und flüchteten gackernd um die Ecke zu ihrem Heim.

Berta Engel: Hihi, ich könnte mich kringeln!
Ubaldo Engel: Pass nur auf deine Flügel auf, der Chef mag es nicht, wenn du so gelockt aussiehst.

Donnerstag, 9. Mai: Mysteriöser Frisörbesuch

„Guten Morgen, meine Liebe. Was kann ich heute für sie tun?“ Leonardo umrundete mit elegantem Schwung seinen Empfangstresen, um Frau Tasche ihre Jacke abzunehmen.

„Nein, nein, vielen Dank, ich wollte nur schnell ein neues Haarspray kaufen.“ Sie holte kurz Luft. „Haben sie schon gehört? Die alte Berta hatte Männerbesuch.“ Dabei schaute sie mit erhobenem Kopf wichtigtuerisch durch den Raum. Nur ein Platz war besetzt, und zwar mit einem Rollstuhl.

„Wie bitte?“ Rosa drehte ihren Rolli herum.

„Ja, der Pfarrer und Ubaldo.“ Triumphierend wandte sich Frau Tasche wieder ihrem Frisör zu.

„Nun ja, vielleicht hatte sie etwas auf dem Herzen“, verteidigte Leonardo seine alte Kundin, „man kann ja nicht zeitig genug anfangen mit den Planungen für eine würdevolle Beerdigung. Ich zum Beispiel ...“

„Pah, Beerdigung, die lebt doch noch in hundert Jahren“, stieß Frau Tasche hervor. Rosa wendete schnell ihren Rollstuhl zurück in seine Ausgangsstellung. Sie hielt sich die Hand vor den Mund, um ihr Lachen zu verbergen, hatte aber nicht bedacht, dass man es über zwei Spiegel deutlich sehen konnte.

„Sie sollten nicht so darüber lachen. Denn beinahe hätte es sie doch schon vor drei Jahren erwischt, und was dann geworden wäre mit ihrem Grab und so und nichts vorbereitet“, ereiferte sich Frau Tasche. Ihre Gesichtsfarbe hatte sich in das Dunkelrot einer reifen Kirsche verwandelt.

Wütend drehte Rosa ihren Rollstuhl wieder in die gegnerische Richtung. Doch bevor sie etwas erwidern konnte, öffnete sich mit hellem Glockenklang die Tür des Frisörgeschäftes. Alle Köpfe schnellten herum und die Augen richteten sich jetzt auf den eleganten Herrn mit dunkelbraunem Haar, der würdevoll den Laden betrat, gestützt auf einen dunklen Holzspazierstock mit silbernem Knauf.

„Guten Tag“, der Unbekannte hielt kurz irritiert inne, so viel Aufmerksamkeit hatte er nicht erwartet.

„Einen guten Tag, der Herr“, Leonardo verneigte sich leicht vor dem vornehmen Kunden. Dann wanderten seine Augen unschlüssig von ihm zu Frau Tasche und wieder zurück. Um wen sollte er sich zuerst kümmern? Der Neue sah nach Geld aus in seiner dunklen Jeans und dem hellen Hemd, dazu dieser elegante Spazierstock. Sicher ein Feriengast. Aber Frau Tasche kam regelmäßig zu ihm und sicherte seinen Unterhalt.

„Ich warte gerne, bedienen sie doch bitte erst die Dame weiter.“

„Vielen Dank. Frau Tasche, das Haarspray wie immer?“

Rosa hatte ihren Rollstuhl wieder zurückgedreht und starrte über den Spiegel den älteren Herren an. Irgendwie kam er ihr bekannt vor. Aber woher nur?

Leonardo Engel: Hoppla, was ist denn jetzt los?
Herr Gott: Das werdet ihr schon sehen.
Rosa Engel: Ich habe so eine Ahnung ...

Donnerstag, 9. Mai: Zeitungskauf

Eine halbe Stunde später im Lebensmittelladen.

„Guten Morgen, liebe Rosa.“ Pfarrer Müller sang seinen Gruß in den leeren Raum, den er mit frischem Schritt betreten hatte. Beschwingt ergriff er seine Tageszeitung, die schon für ihn auf dem Tresen lag. Über Nacht hatte er eine Eingebung von oben bekommen. Nach seiner Rückkehr ins Pfarrhaus wollte er sie sofort in die Tat umsetzen.

„Hallo?“ Wo war seine geliebte Rosa? Der Schreck fuhr wie ein Blitz in seinen Körper. Hastig schaute er hinter den Verkaufstresen. Hatte Ubaldo sich doch an ihr vergriffen?

„Rosa?“ Seine Stimme rutschte in die Höhe wie bei einem Jungen im Stimmbruch.

Im Hintergrund polterte etwas und fiel auf den Boden. „Ach verflixt und zugenäht!“

Gott sei Dank.

„Komme schon.“ Der Vorhang, der den Laden von der Wohnung trennte, wurde zur Seite geschoben und Rosa rollte wütend mit rotem Gesicht hervor.

„Puh, wenn man nicht laufen kann, ist das doch echt eine verdammte – Verzeihung, Herr Pfarrer - eine verdammte Plage.“

„Bin ich froh, dass dir nichts zugestoßen ist.“ Er strahlte sie an.

„Wieso sollte mir etwas zustoßen? Ist doch längst passiert, vor drei Jahren, schlimmer kann es nicht mehr kommen.“ Rosa wischte sich die aufkommenden Tränen schnell weg. „Schön, sie zu sehen. Ihre Zeitung haben sie ja schon.“

„Ja. Aber was war das denn eben für ein Knall?“

„Ich habe vorhin meine Kaffeetasse umgestoßen und musste den Fußboden aufwischen. Und jetzt ist mir auch noch der Besen aus der Hand gefallen. Ich habe mich immer noch nicht daran gewöhnt, dass ich mich nicht mehr so wie früher bewegen kann.“

„Aber du kannst doch bei mir anrufen, wenn du Hilfe brauchst!“

„Wegen einer Kaffeetasse? Nein, das muss ich schon selber hinbekommen. Wie geht es ihnen denn? Fragt da mal einer nach?“

„Danke, ja, äh, gut.“

Rosa Engel: Er lügt, ohne mit der Wimper zu zucken. Und das als Mitarbeiter des Chefs.

Emilio Engel: Wäre es denn besser, ihr die Wahrheit zu sagen?

Rosa Engel: Das Problem müssten wir mal dem Chef vorlegen.

Ubaldo Engel: Wir könnten auch den beim heißen Ofen fragen.

Rosa Engel: Spinnst du?

Ubaldo Engel: War doch nur Spaß!

Rosa zog fragend ihre Augenbrauen hoch, irgendetwas stimmte mit dem Pfarrer nicht.

„Es könnten nur ein paar mehr Leute in den Gottesdienst kommen“, warf dieser rasch hinterher, er hatte Rosas Mimik gesehen, und Schweiß trat ihm wegen seiner Lüge auf die Stirn.

„Vielleicht sollten wir zur Abwechslung mal eine andere Art Andacht überlegen, was Besonderes, das auch die Feriengäste anlockt. Ich denke mal darüber nach, mir fällt sicher etwas ein“, tröstete Rosa ihn.

„Du bist mein Gold-, ich meine, du bist ein Goldstück." Schnell drehte Emilio sich zur Tür, damit ihm nicht noch mehr rausrutschte.

„Bis morgen, Herr Pfarrer."

„Bis morgen." Emilio winkte kurz mit der Zeitung, bevor er aus der Tür verschwand.

Zurück blieb eine nachdenkliche Rosa. Sie kannte die Gefühle von Emilio Horatio Müller für sie, die ließen sich vor ihr nicht verstecken. Aber da war heute etwas anderes in seiner Stimme gewesen, da schwang Angst mit.

Rosa Engel: Kluge Frau.

Emilio Engel: Ja, warum müssen immer die Guten so viel Unglück ertragen.

Rosa Engel: Der Chef meint, damit sie daran wachsen.

Ubaldo Engel: Puh, dann würde ich lieber klein bleiben.

Donnerstag, 9. Mai: Gefährliche Ahnungen

Etwa eine Stunde nach dem Besuch von Pfarrer Müller fuhr Rosa im Laden herum, um die Ravioli-Dosen ihrer letzten Lieferung vom Karton zum Regal zu transportieren. Alles war hier so angeordnet, dass sie es alleine mit Hilfe eines von Lorenzo konstruierten Stocktabletts einräumen konnte. Die Türglocke bimmelte hell.

„Guten Morgen." Eine energische Frauenstimme und – Rosa hielt kurz die Luft an - die Stimme dieses seltsamen Feriengastes aus dem Frisörladen!

Langsam drehte sie ihren Rollstuhl in Richtung ihrer Neukunden.

„Guten Morgen. Was darf es sein?"

„Wir wollten einmal schauen, was es bei ihnen so zu kaufen gibt", die Frau ließ ihren Blick prüfend über die Regale schweifen. Schwarze Leinenhose, leuchtend rotes T-Shirt, kirschrote Lippen in T-Shirtfarbe, schwarz gefärbte Haare. Alles an der Kundin sah nach Geld aus. Hochfeiner Großstadtschick. Die Auswahl hier schien ihr nicht zur reichen.

„Ich hatte etwas mehr erwartet, aber die wichtigsten Utensilien scheinen vorhanden zu sein. Mein Name ist von Haubenstein, Isolde. Wir verbringen drei Wochen Urlaub im großen Ferienhaus oben auf dem Hügel."

„Herzlich willkommen in unserem Dorf! Ich bin Rosa." Erwartungsvoll schaute sie den Begleiter ihrer Neukundin an. Stille.

„Das ist mein Mann, dem es anscheinend die Sprache verschlagen hat."

Der starre Blick des Herrn, der den Vorhang hinter Rosa fixierte, verwandelte sich in ein gequältes Lächeln. „Ja, von Haubenstein."

Rosa zögerte ein wenig, aber sie hatte das Gefühl, als würde sie an der Frage ersticken, wenn sie diese nicht stellte. „Kennen wir uns von irgendwoher?"

„Nein", kam die knappe, abweisende Antwort.

Die Begleiterin des Angesprochenen sah ihren Mann schräg von der Seite an. In ihrem Blick lag ein riesiges Fragezeichen, gepaart mit Eifersucht und unterdrückter Wut, sie presste ihren Mund zusammen.

„Kennen sie schon den schönen Weg um den See herum?", versuchte Rosa die Situation zu entschärfen, „wir haben eine kleine Wanderkarte für unsere Gäste. Hier. Kostenlos. Es führt auch ein Weg hinter den Ferienhäusern und dann durch den Wald in Richtung Tennisplatz. Der gehört zwar dem Bauern Felipe auf dem Hofe, ich meine den Tennisplatz, nicht den Wald, aber unsere Feriengäste dürfen ihn nach Rücksprache mit ihm gerne benutzen." Sie hatte so schnell gesprochen, als würde sie die Worte durch ein Gewehr abschießen.

„Vielen Dank, das ist nett von ihnen. Wir werden bald wieder kommen und unsere Vorräte auffüllen." Frau von Haubenstein reichte Rosa zum Abschied die Hand und ergriff ihren Mann am Arm. „Dann wandern wir erst einmal eine kleine Runde am See entlang." Das klang gefährlich nach Problemgespräch.

Nachdem sich die Ladentür geschlossen hatte, hörte Rosa die Gedanken der Ehefrau noch im Hintergrund herumtanzen: Und dann erzählst du mir mal, woher du diese Person kennst. Und sie hatte gespürt, dass auch Hubertus von Haubenstein von Angst geplagt wurde. Aber das war ein Angstmonster, das tiefer saß, als seine Frau ahnte.

Rosa Engel: Warum wird das jetzt so kompliziert?
Emilio Engel: Ich glaube, das mag der Chef.
Rosa Engel: Finde ich aber unfair den Menschen gegenüber. Sie müssen doch auch mal ausruhen.
Emilio Engel: Deshalb kommen sie irgendwann zu uns.
Rosa Engel: Aber bist du der Meinung, dass sie hier ausruhen können, bei dem allen, was ihnen der Chef dann zu tun gibt?

Donnerstag, 9. Mai: Rollstuhlchance

Verflixt und zugenäht! Er hatte vergessen, sich seinen neuen Anzug anzuziehen. Egal, keine Zeit mehr. Der erste Punkt auf dem Friedhofbevölkerungsplan stand an.

Gleich, mit dem Glockenschlag um sechzehn Uhr, würde rechts nebenan die alte Berta aus ihrem Haus rollen. Sie traf sich am Donnerstag immer mit Rosa zum Rollstuhltennis. Dafür würde sie die Straße überqueren. Denn es gab nur einen schmalen Fußweg auf der anderen, das heißt der Kirchenseite, direkt abgetrennt von der Fahrbahn. Eine milde Gabe an die Leute, die nicht mit dem Auto unterwegs waren. Ziemlich gefährlich. Ein Schritt zur Seite, ein Rums und aus war das Lebenslicht. Seine Chance bestand schon auf dieser Straßenseite. Vor dem Überqueren ein kleiner Stoß gegen den Rollstuhl im richtigen Moment, dann konnten sie sich über die Neubelegung eines der freien Gräber freuen.

Ubaldo schlug seine Haustür zu und warf einen schnellen Blick nach rechts. Die alte Berta war doch sonst immer pünktlich? Wieso ...

„Hallo, Ubaldo, wie schön, dass du zur Stelle bist. Schieb mich bitte auf den Fußweg rüber.“ Sie kam von links mit ziemlichem Tempo auf der Straße herangefegt. Das war entgegen aller Gewohnheit. Auf ihren Knien stand eine große Tüte aus Pedros Bäckerei. Um zu zeigen, dass sie dringend Hilfe benötigte, bemühte sie sich, mit offenem Mund angestrengt zu atmen.

„Aber Berta, das is doch viel zu gefährlich, auf der Straße rollen“, wandte Ubaldo zuckersüß ein.

„Ja, deshalb will ich endlich rüber, nun mach schon.“

„Gern doch, gern doch“, flötete Ubaldo.

Die alte Berta schaute ihn mit hochgezogenen Augenbrauen an. Das waren ganz neue Töne von diesem Mann.

In dem Moment ging er auch schon um den Rollstuhl herum, fasste entschlossen nach den Griffen und drehte ihn mit Schwung in Richtung Straßenmitte.

„Vorsicht, stop!“, flog es ihm von der anderen Seite entgegen. Das durfte doch nicht wahr sein: Aus dem kleinen Weg zwischen Kirche und Pfarrhaus, der zum See führte, winkte Rosa heftig zu ihnen rüber und deutete auf ein sich mit überhöhter Geschwindigkeit näherndes Auto. Das hätte genau das richtige Tempo gehabt, es war zum Verzweifeln! Frustriert ließ er den Rollstuhl los.

„Bist du denn von allen guten Engeln verlassen?“, brüllte ihn die alte Berta an. Reaktionsschnell hatte sie die Bremsen angezogen. Sobald die Straße wieder frei war, bretterte sie in Windeseile zu Rosa auf die andere Seite.

„Ubaldo, spinnst du?“, wurde ihm zweistimmig von gegenüber an den Kopf geworfen. Dann rauschten die beiden Frauen hintereinander in Richtung Tennisplatz davon.

So eine vertane Chance. Zu blöd, dass er nicht an Rosa gedacht hatte, die auch zum Bauernhof fuhr. Sie hatte ihn gesehen und vielleicht sogar mitbekommen, dass seine Hilfe nicht selbstlos war. Ein Grund mehr, sich doch um sie zu kümmern, aber das würde er dem Pfarrer nicht auf die Nase binden.

Berta Engel: Hallo, du beim heißen Ofen, bleib schön da sitzen!

Donnerstag, 9. Mai: Warnung

Leuchtend weiß stand die Mondsichel am Himmel und beschien das kleine Dorf. Nächtliche Ruhe lag zwischen den Häusern, selbst die Vögel hatten ihren Nachrichtenaustausch eingestellt. Die Turmuhr erhob kurz mit zehn Schlägen ihre Stimme, dann kehrte wieder Stille ein.

Langsam öffnete sich die Tür des Pfarrhauses und Emilio trat in die Nacht hinaus. Vorsichtig schaute er nach links und rechts, bevor er seine Schritte Richtung Straße lenkte.

Bis vor zehn Minuten hatte er an seinem großen Holztisch gesessen und gearbeitet. Nicht etwa an seiner Predigt für Sonntag, oh nein. Er hatte die Tageszeitung vor sich ausgebreitet und Buchstaben ausgeschnitten. Eine mühsame Arbeit. Erschwert durch die dicken Haushaltshandschuhe, die er sich von Valenzias Putzsachen ausgeliehen hatte. Und erst das Aufkleben! Immer wieder blieben die Papierschnipsel an den Handschuhen hängen und er musste im Text neue suchen. So oft wie bei dieser Arbeit hatte er in seinem ganzen Leben nicht geflucht. Emilio befürchtete schon, dass das Holzkreuz wieder auf den Boden fallen würde. Aber es war, abgesehen von einem kleinen Knacksen, nichts geschehen.

Jetzt schlich er in seinen schwarzen Turnschuhen an der Kirche vorbei wie ein Kater auf Mäusefang. Sein Ziel: Rosas Lebensmittelladen. Den hellen Umschlag mit dem wichtigen Hinweisblatt hielt er mit seinen dunklen Lederwinterhandschuhen unter seinem Sweatshirt versteckt. Nur keine Fingerabdrücke hinterlassen!

Wenn doch eine kleine Wolke das helle Mondstück zuhängen würde, seufzte Emilio innerlich. An Straßenbeleuchtung hatte das Land zum Glück gespart, es gab nur eine Lampe auf dem Weg bis zu Rosas Haus und die schimmerte so matt, als wäre sie dabei einzuschlafen. Die Kneipe dahinter stellte allerdings eine Schwachstelle in seinem Plan dar, aus ihren Fenstern schien helles Licht auf die Straße. Warum hatte er nicht bis Betriebsschluss um Mitternacht gewartet?

Plötzlich öffnete sich ihre Tür und ein gleißend hellgelber Lichtkegel fiel nach draußen. Darin zeichnete sich ein dunkler Schatten ab. Gleichzeitig erfüllte der Lärm von lachenden Menschen die Nacht. Aus der Kneipe schwankte in seinem abgerissenen Anzug Ubaldo.

Der hatte ihm gerade noch gefehlt! Mit einem für seinen massigen Körper ungewöhnlich gelenkigen Satz sprang Emilio hinter den großen Baum, der zwischen Kirche und Kneipe stand. Keine Sekunde zu früh. Er atmete so laut, dass er befürchtete, man könne ihn noch in zehn Kilometern Entfernung hören.

„Du bist mein Au-gen-stern“, brüllte Ubaldo in hohen Tönen. Er schwankte wie Bambus im Wind und suchte mit seinen Armen in der Luft herum nach Halt. Auf seiner torkelnden Route bekam er den Lichtmast der Straßenlampe zu fassen und umfing ihn wie eine Verliebte. „Du leu-leu-test auf mei-hei-nem Weg.“

Normalerweise hätte Emilio bei diesem Spektakel laut losgelacht, aber seine Angst vor Entdeckung zwang das Lachen mit aller Gewalt zurück.

Jetzt schaute Ubaldo verdutzt auf das kalte Metall, das er umfasst hielt. Dann ließ er es los und schlingerte rückwärts auf die Straße.

Wenn im Nullkommanichts aus der Dunkelheit ein Auto käme, schoss es Emilio durch den Kopf, dann wäre ich meine Sorgen los.

Aber außer dem Klappern von Ubaldos Sohlen auf dem Pflaster und gedämpftem Lärm aus der Kneipe war nichts zu hören.

Ubaldo Engel: Chef, den musst du unbedingt entlassen! Chef?
Emilio Engel: Der hat ab heute Abend einen Tag Urlaub genommen.
Ubaldo Engel: Und wir sollen den ganzen Schlamassel alleine entsorgen?

Von der einen Straßenseite aus torkelte Ubaldo wieder zurück in Richtung Pfarrhaus. Dann blieb er schwankend stehen und hob seine rechte Hand über die Augen. Er drehte seinen Kopf hin und her, immer bemüht, nicht umzufallen.

„Hier war es-es doch irendwo?“

Wen suchte er?

„Ha-hallo, Haus, wo biss-biss-u?“

Den Drang, seinem Friedhofsgärtner den Weg zu zeigen, unterdrückte Emilio schnell.

„Ach, da, der Lö-, der Lö, ach wasauchimma.“ Und Ubaldo wankte zurück über die Straße. Am Löwen vor dem Friedhof stoppte er, streichelte den Stein und taumelte weiter ins Dunkel des Gräberfeldes hinein.

Puh, überstanden. Gerade wollte Emilio hinter seinem Baum hervorhuschen und seinen Weg zu Rosas Laden fortsetzen, da öffnete sich die Tür vom Haus gegenüber. Warum brannte keine Außenbeleuchtung? Ob bei Frau von Ruppin alles in Ordnung war? In dem Augenblick erkannte er, weshalb es dunkel blieb: Die Person, die dort vorsichtig nach links und rechts schauend auf die Straße schlurfte, hatte soviel Ähnlichkeit mit Frau von Ruppin wie ein Kartoffelsack mit einer Schönheitskönigin. Abgetragene Hausschlappen mit Fell an den Füßen, einen karierten Bademantel um ihre füllige Figur, Lockenwickler im Haar. Der Frotteemantel stammte wahrscheinlich von einem ihrer vielen Freunde, die sich in früheren Jahren die Klinke in die Hand gegeben hatten. Es wurde sogar noch anderes gemunkelt.

„Georg, nun mach mal zu“, zischte es in den Abend hinaus und hinter dem weißen Pudel her, der eilig über die Straße zum Laternenmast schoss. Dort hob er sein Bein, es plätscherte, dann schnupperte er in der Luft. Er drehte schon seinen Oberkörper, um zum Baum und somit zu Pfarrer Müller zu laufen, als ihn ein weiteres Zischen zurückrief.

„Georg, komm endlich!“

Der Stein, der dem versteckten Emilio von der Seele fiel, war bis nach Venedig zu hören.

Pudel und Frau verschwanden wieder im Haus. Jetzt aber nichts wie an der Kneipe vorbei und zu Rosas rotem Briefkasten. Meine Güte, so hochgefährlich hatte er sich das nicht vorgestellt.

Doch die Zeitbombe der Entdeckung tickte immer noch. Plötzlich wurde zwei Häuser weiter auf der gegenüberliegenden Straßenseite, dort, wo das blaue Schild „Polizei“ leuchtete, die Tür aufgerissen und Lorenzo stürzte heraus. Im Laufen setzte er seine Polizeimütze auf, öffnete in rasender Geschwindigkeit seinen Wagen, schaltete das Blaulicht ein und brauste Richtung Nachbarort davon. Er war nicht nur für sein Heimatdorf verantwortlich, sondern betreute zusätzlich die nächst gelegene Ortschaft. Vielleicht schlugen sie sich dort in der kleinen Kneipe mal wieder fröhlich die Köpfe ein. Ach ne, die hieß ja jetzt „Traumbar". „Albtraumbar" wäre ein passenderer Name.

Zum Albtraum wuchs sich die Lage für ihn hier aus. Emilios Herz klopfte immer heftiger. Er gewann den Eindruck, als sollte er seine Botschaft nicht überbringen. Aber das konnte doch nicht der Wille des Himmels sein! Verflixt und zugenäht, spielte diese rote Gestalt, die er am Montag in seinem Garten gesehen hatte, eine Rolle? So ein Quatsch, schimpfte er mit sich selber.

In Gedanken war er an Rosas Haus vorbeigegangen und beim Frisör gelandet. Der hatte auch einen roten Briefkasten. Emilio zog gerade den hellen Umschlag unter seinem Sweatshirt hervor, da stutzte er. Die weiße Schere auf dem Rot! Das war nicht Rosas, sondern Lorenzos Kasten. Das wäre ein schöner Schlamassel geworden, hätte er die Warnung hier eingeworfen. So schnell wie die Nachricht über den Inhalt könnte sich nicht einmal ein Feuer im Dorf ausbreiten. Mit dem hellen Umschlag in der Hand huschte er gebückt zurück zu Rosas Haus.

„Guten Abend, auch noch unterwegs?", ertönte eine dunkle Stimme hinter ihm.

Emilio drehte sich ruckartig um.

„Äh, ja, hallo. Habe den falschen Briefkasten erwischt." Schnell schob er sich an dem großen Mann im langen Sommermantel und Spazierstock vorbei. Aber der ließ nicht locker, hatte Redebedarf.

„Ein schöner kleiner Ort. Und dieser verwunschene See dahinter ..."

„Ja, stimmt." Wer war der aufdringliche Typ?

„Meine Frau und ich sind hier für einige Tage in Urlaub. Darf ich mich vorstellen? Von Haubenstein."

„Angenehm, Müller. Ich bin hier der Pfarrer." Und nun? „Ja, ich will nur rasch diesen ... verirrten Brief einwerfen, ich meine, dieser Brief ist irrtümlich bei mir gelandet und ich stelle ihn jetzt richtig zu", Emilio wedelte mit dem Umschlag in der Luft herum.

Irritiert schaute Herr von Haubenstein auf die Hände des vor ihm Stehenden. Es war ein warmer Frühlingsabend, warum trug der Mann Handschuhe? Er streckte seinen Kopf vor und versuchte, einen Blick auf den Umschlag zu werfen, aber der war schon blitzschnell in Rosas Kasten gerutscht, wie ein Schlitten auf eisigem Schnee.

„Ja, so ist das manchmal mit der Post." Verzweifelt suchte Emilio in seinem leeren Kopf nach einer weiteren Floskel, um von dem großen Mann loszukommen. Er überragte ihn mit seinen eigenen 180 Zentimetern um mindestens eine Handbreit und wirkte jetzt wie eine Drohung auf Füßen. Nein, das passte Emilio gar nicht. Endlich fiel ihm etwas ein. „Am Sonntag ist um zehn Uhr Gottesdienst. Sie sind herzlich eingeladen. Dazu gibt es auch Kaffee und Kuchen." Was hatte er denn da gesagt?

„Gerne, meine Frau und ich werden kommen. Eine gute Nacht, Herr Pfarrer."

„Gute Nacht, gute Nacht."

Hubertus Engel: Weißt du, was auf dem Zettel steht?
Emilio Engel: Nein.
Hubertus Engel: Merkwürdig das Ganze.

Freitag, 10. Mai:
Kaltes Erwachen

Wieso war es so kalt und nass in seinem Bett?

Langsam öffnete er die Augen und hätte seinen Kopf am liebsten vom Hals genommen, so schmerzte er. Seine Hände tasten auf dem Boden herum. Halme. Von oben nieselte es auf ihn herab. Sein Rücken lehnte gegen etwas Hartes. Eine Wiese? Verdutzt schaute Ubaldo mit Millimeterbewegungen seines Kopfes um sich. Oh nein, das war der Friedhof. Und er saß mitten im hohen Gras auf einem dieser ungepflegten Gräber und das Harte im Rücken war ein Grabstein. Er hatte keinen Schlafanzug an, sondern seinen alten Anzug. Und einen Filmriss. Wie war er hierher gekommen?

So langsam wie seine Bewegungen kehrte seine Erinnerung aus den Tiefen der Nacht zurück. Dann stand sie gleißend hell vor ihm: Der verfluchte Abend in der Kneipe! Er hatte von seiner Angst erzählt, er könne seinen Job verlieren. Der alte Grappa schlug ihm doch tatsächlich vor, Leute zu ermorden, um die Gräber zu füllen. Alle hatten brüllend gelacht. Und dann lief da ein Krimi im Fernsehen, in dem am Ende einer sang „Der Mörder ist immer der Gärtner". Den krönenden Abschluss bildete der neue Feriengast in der Ecke, ein Kriminalschriftsteller. Wie hieß er? Rachael, Randolf, irgendwas mit toll – ne – Rah – Rahtol, jetzt hatte er´s. Komischer Name, seinen Nachnamen hatte er verschwiegen. Der war gefährlich. Fragte nach, wie die Leute im Dorf so zusammengehörten. Aber mit der Idee, der Pfarrer könne doch einen Mord begehen, damit war er gegen eine Wand aus Empörung gerannt. Alle hatten ihn ausgebuht.

Fast wäre er aus der Kneipe geflogen. Wie kam er nur auf diesen Vorschlag? Das war seine, Ubaldos Idee, die hatte ihm keiner zu stehlen. Er musste unbedingt den Pfarrer vor diesem Mann warnen.

Der Nieselregen verwandelte sich zusehends in einen richtigen Schauerregen. Brr, war das kalt, schleunigst Zeit, ins Warme zu kommen. Aber wie aufstehen? Ubaldo lehnte seinen Körper ein wenig zur Seite und stützte sich auf seinem rechten Arm ab. Alles kreiste um ihn. Weiter. Er ließ sich auf seine Knie fallen und zog sich mit einer Drehung mühsam am Grabstein hoch. Dieser gab nach und kippte ein Stück, dann stand er wieder fest. Während der Aktion wurde Ubaldo kotzübel und er konnte es nicht verhindern, dass sich sein Mageninhalt über den hilfreichen Stein ergoss. Aber das war ihm schnurzpiepegal, sowohl dem Friedhofsgärtner als auch dem Gestein. Das würde vom Regen gereinigt werden. Jetzt endlich schaffte es der verkaterte Ubaldo, sich auf seine Beine zu hieven. Er schüttelte kurz den Kopf, was dieser mit einem heftigen Schmerzschwall erwiderte. Nie wieder Alkohol, na ja, wenigstens nicht so viel. Mit tapsenden Schritten bewegte Ubaldo sich zusammen mit seinen hämmernden Kopfschmerzen auf den Ausgang zu. Nur noch ins warme Bett und schlafen. Und danach zum Pfarrer.

Rosa Engel: Ist das wirklich so schlimm, wenn man betrunken ist?

Leonardo Engel: Keine Ahnung, meine Süße. Frag doch den beim heißen Ofen, ich glaube, der hat Erfahrung damit.

Rosa Engel: Nein danke, mit dem will ich nichts zu tun haben.

Freitag, 10. Mai: Inquisition

„Sag mir endlich, wer diese Person ist!", schrie Isolde von Haubenstein ihren Mann an. Zum wievielten Mal wusste er schon gar nicht mehr. Das Einzige, was ihm zunehmend klarer wurde: Er musste reden. Jedoch nicht mit seiner Frau. Sein Atem wurde immer flacher. Rasch holte er sein Notfall-Asthmaspray aus der Jackentasche und atmete tief ein.

„Seit du an diesem Ort bist, erkenne ich dich nicht wieder."Seine Frau gab nicht auf.

„Ja, Himmelherrgottnochmal, ich entwickele mich eben ... im Gegensatz zu dir."

Frau von Haubenstein blieb der Mund offen stehen. Sie sah aus wie ein Fisch auf dem Trockenen.

Hubertus Engel: Holla, der vom heißen Ofen könnte nicht wütender sein!

Ubaldo Engel: Ob die beiden Menschen Verwandte von dem dahinten sind?

Isolde Engel: Das ist unmöglich, der hat keine Verwandten, nur Nachahmer.

Ihr Gemahl nahm entschlossen sein Handy vom Tisch und eilte in das angrenzende Zimmer der Ferienwohnung. Die Tür schloss er mit einem Tritt, bumm.

Rasch schlich Frau von Haubenstein zu eben dieser Tür, lehnte ihre rechte Schulter dagegen und ihr Ohr direkt an das Holz.

„Hallo, Johanna." Auch das noch, die heilige Johanna, er telefonierte mit seiner Leib- und Magenanwältin. Pah. Danach verstand Frau von Haubenstein nichts mehr, ihr Mann war vermutlich zum Fenster gegangen. Sie nahm ihr Ohr und ihre Schulter von der Tür und setzte sich grollend auf das Zweisitzersofa gegenüber. Nach gefühlten Stunden öffnete sich die Tür wieder, Herr von Haubenstein trat hoch erhobenen Hauptes heraus, mit einem kleinen Lächeln auf den Lippen.

„Bitte vereinbare für mich einen Termin beim Pfarrer, ich muss mit ihm alleine sprechen."

„Mach den doch selber", ihre Stimme war mit Nägeln gespickt.

„Schatz, ich habe Atemprobleme. Und", er zögerte einen kurzen Moment, „entschuldige das, was ich vorhin gesagt habe."

Schatz und eine Entschuldigung. Auf einmal. Da war gehörig was im Busche.

Der leichte Nieselregen hatte sich hinter den See verzogen und die Sonne schob ihre Strahlen durch die dünne Wolkendecke.

Hubertus Engel: Puh, noch mal gut gegangen.

Isolde Engel: Guck mal, dem vom heißen Ofen hat es die Suppe verhagelt.

Freitag, 10. Mai: Besuchsverkehr

Was war das denn?

Pfarrer Müller hatte die Haustür geöffnet und traute seinen Augen nicht: Drei grundverschiedene Personen standen vor ihm. Das war seit seinem Amtsantritt nicht vorgekommen. Sein Herz schlug vor Aufregung höher.

Direkt vor ihm saß Rosa in ihrem Rollstuhl. Sie hatte er schon erwartet. Aber angezogen wurden seine Augen von einer ihm unbekannten Dame, die hinter ihr stand, elegant gekleidet in einen schwarzen Regenmantel mit großer Kapuze. Dazu trug sie Lackstiefel in derselben Farbe. Ob das die Ehefrau des dunklen Herren aus der vergangenen Nacht war? Sie verdeckte ihre Nase mit einem weißen Taschentuch und schaute indigniert auf Ubaldo links neben sich. Nein, sie war sichtlich not amused über seinen Körpergeruch. Kurz staunte Emilio, als sie sich zur Seite drehte. Wow, das war ja ein tolles Teil, der Mantel, auf der Rückseite kariert! Die Frau hatte Schick. Ob Rosa so ein Kleidungsstück auch stehen würde? Pfarrer Müller räusperte sich, um wieder im Hier und Jetzt anzukommen.

Unterdessen versucht Ubaldo, Rosa von der Haustür wegzudrängen. Diese wollte mit ihrem Rollstuhl nicht weichen und versperrte ihm immer wieder den Weg. Dabei landete sie fast auf den Pfarrersfüßen. Mit zusammengekniffenen Lippen kämpften die beiden um den ersten Platz.

„Guten Morgen, alle zusammen. Welch eine Überraschung!" Wie weiter vorgehen? Die ganze Gruppe ins Arbeitszimmer oder jeden einzeln reinnehmen und die anderen draußen stehen lassen? Oder jeden einzeln zum Gespräch rein und die anderen in die Küche verfrachten?

„Herr Pfarrer, ich muss unbedingt unter vier Augen mit ihnen sprechen", forderte die fremde Frau mit fester Stimme.

„Jo, aber sie sind noch lange nich dran." Ubaldo warf seinen rechten Arm energisch zur Seite und traf seine Gegnerin an der Nase.

„Au, sie ungehobelter Klotz!"

„Waas?", drohend drehte sich Ubaldo langsam um und stemmt seine Arme in die Hüften, „so was lass ich mir nich sagen, schon gar nich von einer Dahergelaufenen."

„Was erlauben sie sich!"

Rosa kicherte.

„Kichern sie nur, mit ihnen habe ich auch ein Hühnchen zu rupfen", schnappte die elegante Dame.

Jetzt hatte es Ubaldo doch die Sprache verschlagen. Ungläubig wanderte sein Blick zwischen den beiden Frauen hin und her. Was hatte Rosa mit der zu tun?

Beschwichtigend hob Pfarrer Müller die Arme. „Liebe Freunde, das wird alles gleich geklärt. Am besten gehen wir erst einmal zusammen in die Küche und ich koche uns einen Kaffee." Damit drehte er sich um und begab sich dorthin, wo er sich auf sicherem Terrain wähnte. Er hörte das leise Rollen von Rosas Rollstuhl direkt hinter sich, dann das Schlurfen von Ubaldo und das energisch klackende Auftreten der unbekannten Frau, die mit einem kleinen Knall die Haustür geschlossen hatte.

Schnell holte er mit dem Rücken zu den anderen Filtertüten samt Filter und Kaffeepulver aus dem Wandschrank. Die Kanne stand noch vom Frühstück auf der Arbeitsplatte. Dann Wasserkocher füllen und anstellen. Kaffeebecher aus dem Schrank nehmen und auf dem Küchentisch verteilen.

Als Emilio sich umdrehte und das Brodeln des Wassers immer lauter wurde, stand die Stille der Anwesenden förmlich um den Tisch herum. Nicht nur die Stille stand, sondern auch Ubaldo und die elegante Frau.

„Äh, ja, bitte nehmen sie doch Platz." Beide griffen nach demselben Stuhl. Da sie schneller war, gewann die Fremde und rückte im selben Augenblick ein Stück von Ubaldo weg. Wütend packte der Friedhofsgärtner das nächste Sitzmöbel und hatte die Rückenlehne in der Hand.

„Oh, entschuldige, der müsste längst zur Reparatur. Aber bei der vielen Arbeit", dabei schaute Emilio ihn durchdringend an, „ja, da gerät so was wie ein Stuhl ins Hintertreffen." Er überlegte kurz. „Ubaldo, geh doch schon mal ins Arbeitszimmer, du kennst dich ja aus."

Dann blickte Emilio einen Moment ratlos in der Küche hin und her, die Situation mit dem kaputten Stuhl hatte ihn aus dem mühsam aufgebauten Konzept gebracht. Er drehte sich zum Wasserkocher, zögerte, ging ein paar Schritte hinter Ubaldo her – wer weiß, was der im Arbeitszimmer entdecken und wieder gegen ihn verwenden würde –, griff zum Wasserkocher ...

Eine Hand berührte leicht seinen Arm. „Herr Pfarrer, gehen sie ruhig zu unserem Friedhofsgärtner, ich kümmere mich um den Kaffee." Rosa. Wie immer eine einfühlsame Retterin in der Not.

„Vielen Dank." Im Davonstolpern stieß er gegen den Küchentisch.

„Vielleicht wäre ein Kamillentee sinnvoller gewesen", meinte Frau von Haubenstein nach seinem Abgang.

„Ja, da haben sie Recht." Rosa holte tief Luft und nickte zustimmend.

In dem Augenblick änderte sich die Atmosphäre schlagartig, ein strenger Blick aus harten Augen traf sie.

„Sie kennen meinen Mann?"

„Ich habe das Gefühl, ihn irgendwann schon einmal gesehen zu haben."

„Irgendwann."

„Ja, ich kann ihn aber nicht einordnen." Sie drehte ihren Rollstuhl zum Wasserkocher um und goss den Kaffee auf.

„Einordnen."

„Entschuldigung", Rosa schwenkte zurück, „wieso fragen sie so eigenartig?"

„Sie hatten eine Affäre mit meinem Mann."

Die Beschuldigte lachte auf. „Nein, das bestimmt nicht, daran würde ich mich erinnern."

„Wieso?"

„Ich will ihnen nicht zu nahe treten, aber sie wissen doch sicher, dass ihr Mann attraktiv ist."

Die Ehefrau des Attraktiven seufzte tief. Ja, das wusste sie nur zu gut. Dies wäre nicht die erste Affäre ihres Mannes gewesen. Aber Rosas offene, direkte Antwort hatte sie überzeugt: Diese Frau war kein Seitensprung.

„Dann weiß ich auch nicht, was mit Hubertus los ist. Und wieso er einen Termin beim ...", sie stockte, „Verzeihung, eine andere Frage: Riecht ihr Friedhofsgärtner immer so unangenehm?"

Rosa rollte ohne Antwort zum Küchenfenster und öffnete es weit. Von draußen flogen munter die Amselgesänge herein und die Meisen läuteten dazu. Die Frühlingsluft strömte eilig herbei und vertrieb den Mief aus der Küche. Der weiße Dunst des kochenden Wassers stieg auf, und kurz darauf mischte sich der weiche, süße Frühlingsduft bereitwillig mit dem kräftigen Kaffeearoma.

Wie vom Geruch in die Küche angezogen, betrat Pfarrer Müller schnuppernd wieder den Raum. Die Haustür fiel ins Schloss. Ubaldo war gegangen.

„„So, erledigt. Ah, duftet das gut. Wer von ihnen möchte als Nächste mit mir sprechen?“ Emilio kam sich wie beim Zahnarzt vor, er hatte immer noch keine Übung darin, Menschen rasch nacheinander zu betreuen. Obwohl er schon fünfundzwanzig Jahre seinen Dienst an den Geschöpfen des Herrn tat. Er hätte doch Gärtner werden sollen, mit den Pflanzen wäre das einfacher gewesen.

„Gehen sie ruhig“, sagte Rosa zu der anderen. Auf ein paar Minuten mehr oder weniger kam es ihr nicht an. Und im Pfarrhaus fühlte sie sich sicher.

„Danke.“ Mit festem Schritt folgte Frau von Haubenstein dem Pfarrer.

Nachdenklich goss Rosa erneut Wasser in den Filter. Die Frau hatte sich verplappert. Ihr Mann bat um einen Termin bei einem Geistlichen. Was bedeutete das?

„Dann bis morgen, elf Uhr“, hörte sie einen kurzen Moment später, und wieder klappte die Haustür zu.

„Endlich habe ich Zeit für dich, liebe Rosa“, Emilio wirkte immer noch angespannt, als er jetzt die Küche betrat, er presste seine Lippen zusammen, „am besten, nehmen wir den Kaffee mit in mein Arbeitszimmer.“

„Aber Herr Pfarrer, lassen sie uns den Kaffe doch hier trinken, dann sparen wir den ganzen Umzug.“

„Gute Idee." Mit einem Plumps ließ sich Emilio auf den mängelfreien Stuhl fallen. Mal sehen, wie Rosa die Sache jetzt anging, den Grund für ihren Besuch meinte er zu kennen.

Mit spitzen Fingern griff sie auch schon in ihre Jacke. „Ich habe das in meinem Briefkasten gefunden und wollte ihnen zeigen, was hier so passiert."

„Oh je."

Rosa stutzte. Der Pfarrer hatte das Schreiben doch noch gar nicht aus dem Umschlag gezogen, konnte folglich den Inhalt nicht kennen. Wieso sagte er da schon „oh je"?

Auch Emilio war seine vorschnelle Bemerkung aufgefallen. Er drehte den Brief in seinen Händen hin und her.

„Kein Absender", versuchte er abzulenken.

„Ja, das ist eigenartig. Aber der Inhalt ist es noch mehr."

Nachdem Emilio den eigenen Brief quasi als Fremder gelesen hatte, strich er nachdenklich über seine raschelnden Bartstoppeln. Hatte er sich heute früh rasiert? Egal.

„Keine Sorge, ich habe schon mit Lorenzo gesprochen", unterbrach Rosa seine Gedanken, „und er ist in diesem Moment dabei, eine Alarmanlage rund um den Laden und das Haus zu installieren. Die überträgt dann, wenn sie eingeschaltet ist, den Alarm über ein GNS-Meldemodul, was auch immer das ist, direkt auf sein Handy. Außerdem ertönt eine Alarmsirene. Das sollte reichen."

Emilios Mundwinkel sanken bis zum Stuhl herab. Seine Hoffnung, dass Rosa in den Schutz seines Hauses ziehen würde, war dahin. Futsch, weg.

Diese deutete die Gesichtszüge anders. „Keine Bange, das ist total sicher."

„Ja, wenn Lorenzo das anpackt ..." Emilio versuchte, Gewissheit in seine Stimme zu legen. Er breitete sie wie ein Tuch über seine Enttäuschung.

„Aber nun zu etwas Heiterem, ich habe nämlich eine Idee: Was halten sie davon, wenn wir den Gottesdienst am Sonntag komplett anders gestalten, und zwar Predigt bei Kaffee und Kuchen." Erwartungsvoll strahlte Rosa ihn an.

Und Pfarrer Müller fiel ein Stein vom Herzen. Er hatte seine Ankündigung letzte Nacht gegenüber dem Feriengast bei dem Trubel heute Vormittag völlig vergessen. „Prima, das ist ein fantastischer Einfall." Wie kam es nur, dass Rosa die gleiche Idee wie er hatte?

„Ich bestelle den Kuchen bei Pedro in der Bäckerei. Wegen der neuen Gäste im Dorf habe ich keine Zeit selber zu backen, sie haben immer Sonderwünsche, die ich extra ordern muss. Könnten sie den Kaffee vorher kochen? Thermoskannen habe ich genug."

„Rosa, du bist die Beste."

Diese grinste. „Dann ist alles klar. Bis später." Sie wendete in der Küche, rauschte mit ihrem Rollstuhl durch den Flur zur Haustür und öffnete sie eigenhändig im Handumdrehen. Die Tür klappte zum dritten Mal an diesem Tag zu.

In der Küche zurück blieb ein verwirrter Emilio. Was für ein Gefühlschaos! Zur Beruhigung würde er den Rasen mähen. Und so wieder auf dem Erdboden landen, im wahrsten Sinne des Wortes. Im Augenblick schwebte er definitiv unschlüssig zwischen Himmel und Erde. Das musste er ändern.

Und das änderte sich dann anders als gedacht dadurch, dass er wieder einmal das Kabel des Rasenmähers durchschnitt und der folglich keine Lust mehr hatte, Emilio Horatio Müller zu

Diensten zu sein.

Rosa Engel: Hallo, Chef, der vom heißen Ofen hat da so dunkle Wolkenstühle aufgestellt!

Herr Gott: Oha, zieht schnell eure feuerfesten Mäntel an und räumt seine Stühle wieder weg. Dalli, dalli.

Freitag, 10. Mai:
Umfall in der Kneipe

Nach diesem ereignisreichen Vormittag baute sich ab neunzehn Uhr der Abend wie eine dunkle Wand vor Emilio Horatio Müller auf. Obwohl draußen die Sonne schien. Mit gesenktem Kopf schritt er hin und her, vom Arbeitszimmer in den Flur und wieder zurück. Seine Füße weigerten sich, vor der Haustür stehen zu bleiben und seine Hände schafften es nicht, die Türklinke zu ergreifen und sie zum Öffnen herunterzudrücken. Er sollte heute Abend laut teuflischem Plan den alten Grappa in ein tödliches Alkoholdelirium versetzen. Emilio war fest davon überzeugt, dass Ubaldo ihn kontrollieren würde. Ganz unauffällig, so ein kleines Glas in der Kneipe nehmen. Wäre ein wesentlicher Störfaktor bei seinem eigenen Scheinversuch. Aber jemanden umbringen? Nein, das käme nicht in Frage. Die Sache mit der alten Berta hatte Ubaldo versemmelt, das konnte er ihm immer vorhalten.

Emilio Engel: He, Chef, der ist doch okay, oder?
Herr Gott: Na ja, er könnte Klartext reden und zu sich stehen.
Emilio Engel: Aber Rosa ...
Herr Gott: Ja, ja, die körperliche Liebe der Menschen.
Emilio Engel: Muss schön sein. Und er liebt sie auch seelisch.
Herr Gott: Schluss jetzt, und Konzentration.
Emilio Engel: Ja, Chef.

Genug gegrübelt. Emilio drückte die Türklinke runter und trat aus dem Haus. Die Abendsonne leuchtete mit mildem Licht auf das kleine Dorf. Ein so friedlicher Anblick, dass er vor der Tür kurz stehenblieb und seufzte. Wie gerne würde er jetzt am See spazieren gehen! Aber nein, er musste Rosa schützen. Mit entschiedenen Schritten stapfte er den Gartenweg zur Pforte entlang und öffnete sie mit einem Ruck.

„Ist das nicht ein herrlicher Abend, Herr Pfarrer?“ Frau von Ruppin. Die hatte ihm gerade noch gefehlt.

Georg sprang an ihm hoch, wedelte wild mit dem Schwanz und bettelte um Streicheleinheiten. Pst, nichts verraten von gestern, sprach Emilio in Gedanken mit dem Pudel.

„Ja, der Georg, er weiß, wem er vertrauen kann.“

Aber die braunen Erdflecken, die hätte er sich sparen können, dachte Emilio, als er an seiner schwarzen Jogginghose herunterschaute.

„Georg, aus. Wir waren im Wald, da hat er ein wenig im Boden gebuddelt. Er ist sonst so brav. Nicht wahr, Georg?“ Die dunklen Augen des Hundes wanderten unentschlossen zwischen den beiden Menschen hin und her.

„Und was haben sie vor an diesem wunderschönen Maiabend?“ Die Frau war eine Klette, konnte sie nicht einfach die Straße überqueren und dann weiter am Friedhof vorbei zu ihrem Haus abmarschieren? Jetzt begleitete sie ihn auch noch.

„Ach, ich gehe mal meine Gemeindemitglieder in der Kneipe besuchen. Vielleicht brauchen sie eine Beratung.“ „Bevor sie in den Suff fallen“, dachte er und klopfte die Erde von seiner Hose.

Frau von Ruppin blieb abrupt stehen, während Emilio schon weiterlief. Es sah so aus, als würde er vor ihr flüchten.

„Herr Pfarrer, warum so eilig! Nein, das sollten sie sich wirklich nicht antun. Beratung in der Kneipe!“

Aber Pfarrer Müller winkte nur einmal kurz mit seiner Hand und setzte seinen Weg unbeirrt fort.

„So was von unhöflich, nicht mal richtig verabschiedet hat er sich. Das ist keine Zuwendung zu seinen Gemeindemitgliedern, oder, Georg? Er war doch früher anders." Kopfschüttelnd überquerte Frau von Ruppin die Straße. Ihr Hund blieb einen Augenblick zurück und schaute erstaunt hinter dem Pfarrer her. So kannte auch er ihn nicht, die Menschen gaben ihm immer neue Rätsel auf. Dann wandte er sich mit einem Wuff wieder seinem Frauchen und ihren Bedürfnissen zu.

Georg Engel: wuff, wuff.

Währenddessen hatte Pfarrer Müller die Kneipe erreicht. Mit einem Stein auf dem Herzen öffnete er die Holztür mit dem rautenförmigen Glasfenster – sah wie ein Salmi aus - und betrat den verräucherten Raum. Puh, was da für ihn als Passivraucher alles in seine Lunge und in seine Klamotten kam! Nach dem Aufenthalt würde er sie zu Hause in den Garten hängen – seine Kleidung, seine Atemorgane mussten sich alleine reinigen.

Hinter dem Tresen trocknete der alte Grappa mit einem fleckigen Handtuch ein Bierglas ab. Und davor saß auf einem hohen Barhocker kerzengerade die alte Berta. Ihr Rollstuhl stand weit entfernt am Tresenende, dort, wo es zu den WCs ging. Vor ihr ein halbgefülltes Glas Rotwein, der in der schummrigen Tresenbeleuchtung verheißungsvoll dunkel schimmerte. Wie immer lief laut der Fernseher, irgendein Fußballspiel.

„Welch seltener Besuch in meiner Räucherhöhle!", rief der alte Grappa gegen die Übertragung an.

„Stell das Ding mal leiser, dann musst du auch nicht so schreien.“ Unüberhörbar Berta. Und prompt griff der Kneipenbesitzer zur Fernbedienung und regelte den Ton runter.

„He, wir können nichts mehr verstehen!“, brüllte jemand von weiter hinten. Das alte Geplänkel. Pfarrer Müller drehte sich um. Es handelte sich offensichtlich um ein besonderes Fußballspiel, denn nur dazu kam Felipe in die Kneipe. Den Herren, der neben ihm saß, kannte er nicht. War das Hubertus von Haubenstein? Unwahrscheinlich. Nein, mit seinem verwaschen hellblauen Sweatshirt und der blauen Jeans schien er ihm zu leger gekleidet.

„Setzen sie sich doch zu uns“, rief der Unbekannte aus dem Halbdunkel.

Gern hätte Emilio sich an dem Stammtisch bei den anderen niedergelassen, nur würde er sich damit vom Tresen und dem alten Grappa entfernen. Was soll´s, dachte er entschlossen, dann habe ich einen Versuch gewagt, und der ist eben missglückt.

„Bitte ein Helles, aber richtig voll.“

„Jawohl, Herr Pfarrer“, grinste der alte Grappa und füllte ein schon angezapftes auf.

„TOR!“, ertönte ein leiser Ruf aus dem Fernseher.

„TOOOOOOOOOR!“, brüllte im selben Augenblick die gesamte Mannschaft am Kneipentisch.

„Jo, Toor!“, kam es ein Prozent leiser von der Kneipentür, die sich unbeachtet von den anderen geöffnet hatte. Ubaldo. Emilio hatte es geahnt. Na ja, wenigstens sah sein Friedhofsgärtner, dass er, der Pfarrer, in der Kneipe war und seinen Anteil am Plan versucht hatte. Ein kurzes Nicken zum unerwünschten

Neuankömmling, dann nahm Emilio sein Glas entgegen und ging zum Tisch der Dorfbewohner.

Dort saßen nicht nur Felipe und der Unbekannte, sondern auch Frau Tasche und Pedro, der Sohn vom alten Grappa.

„Herr Pfarrer, schön sie zu sehen. Prost“, begrüßte ihn dieser und hob sein Glas.

„Ab und zu muss ich doch mal schauen, was meine Gemeindemitglieder so treiben.“ Er lachte ein wenig bemüht und wischte sich nach dem Trinken rasch den Schaum von der Oberlippe.

„Ach, sie sind der Ortspfarrer, darf ich mich ...“

„Aso, kontrolliert werdn müssn ... müssn wir nich“, wurde der unbekannte Herr von Frau Tasche ein klein wenig aggressiv, aber undeutlich unterbrochen.

„Nein, nein, ich wollte nur mal ...“, versuchte Pfarrer Müller abzuwiegeln.

„Herr Pfarrer, schön, dass ich sie kennenlerne ...“

„Was issenn daran schöön?“, warf Frau Tasche wieder ein. Ihre Stimme war immer mehr ins Nuscheln gerutscht, die Worte flossen wie ein kleiner Bach aus ihr heraus. „Noch madasselbe Grappa!“, rief sie und schwenkte heftig ihr Likörglas.

„Lass Rahtol mal ausreden“, mischte sich Felipe ein.

„Das darf doch nich wahr sein“, brüllte Ubaldo vom Tresen, „dieser Doofkopp.“

Alle Köpfe drehten sich synchron wieder zum Fernseher. Dort war nur ein tiefes Schwarz zu sehen.

„Eben ging er noch“, rief Ubaldo erbost.

„Mensch Vater, ich hab dir schon lange gesagt, dass das alte Ding seinen Geist bald aufgibt und wir einen neuen brauchen. So einen großen wie in der Traumbar, dann kommen auch mehr

Leute in deine Kneipe“, schimpfte Pedro und erhob sich, „tschüs zusammen, ich muss morgen früh wieder zeitig raus. Gar nicht so schlecht, das Timing.“ Er winkte nach allen Seiten und ging.

Der alte Grappa grinste die alte Berta an und nahm ihr die Fernbedienung aus der Hand. „Ein neues Bier, Herr Pfarrer?“

„Ja, gut, obwohl ....“ Emilio schaute bekümmert in sein Glas, in dem die weiße Krone schon zerfiel.

„Ach, sie wissen ja, wenn es richtig voll werden soll, dann zapfe ich ein bisschen langsamer.“

„Grappa, ich ... bin bin ... zuersdran“, brüllte Frau Tasche und hieb mit der Faust auf den Tisch, „wenn dein dösigdösiger Fern-Fernapparat nich geht, dann dann wenigstens ... Ligör!“

„Kommt gleich.“ Der Kneipenwirt schüttelte den Kopf, zapfte zu Ende und brachte beide Getränke zu seinen Gästen. „Das ist aber der letzte, Frau Tasche.“ Diese reagierte nicht darauf, sondern kippte den Inhalt des Glases mit Schwung runter. Dann rülpste sie vernehmlich. Nach einem besorgten Blick auf die Betrunkene eilte der alte Grappa wieder hinter seinen Tresen. Wenn das mal gut ging ...

Gerade öffnete der Neue in der Tischrunde seinen Mund, um sich endlich vorzustellen, da schaltete sich ein anderer ein.

„Ja, meine Damen und Herren, das war das einzigartig großartige Spiel ...“

„Mensch, Grappa, hast du deinen Sohn mal wieder bevormundet und ins Bett geschickt?“, rief Felipe.

„Man ist immer Vater, vergiss das nicht, wenn du´s mal bis dahin geschafft hast“, stichelte Grappa.

„Prost!“ Frau Tasche hatte vergessen, dass ihr Glas leer war und hob es hoch. Dabei verlor sie das Gleichgewicht und fiel auf den Pfarrer, der links von ihr saß. „Meine Güte“, dachte Emilio erschrocken, „die hat schon ordentlich getankt." Er setzte sie zurück und lehnte sie an.

„Herr Pfarrer, darf ich ihnen Rahtol vorstellen? Er ist Kriminalschriftsteller und Feriengast bei Frau von Ruppin", Felipe deutete mit einer kleinen Handbewegung auf den Unbekannten.

„Sehr erfreut, sehr erfreut. Wie gefällt ihnen unser Dorf?" Gern hätte er sich mit dem Neuen unterhalten, wurde aber abgelenkt, weil Ubaldo sich jetzt ihrem Tisch näherte. Verflixt, wieso war der nicht beim Tresen geblieben?

„Tja, interessante Leute hier, wie geschaffen für ..."

„Jo, mach ma Platz, Felipe." Ubaldo boxte ihm in die Seite.

„Da drüben ist ein freier Stuhl, nimm den doch. Pedro kommt bestimmt nicht wieder."

Emilio beugte sich leicht über den Tisch und startete einen neuen Gesprächsversuch mit dem Schriftsteller. „Sie sind herzlich eingeladen zu unserem Sonntagsgottesdienst, diesmal sogar mit ..."

Weiter kam er nicht. Frau Tasches Hand hatte versucht, sein Bierglas zu greifen, war dagegen gestoßen und ein Schwall schaumiger, gelber Flüssigkeit ergoss sich über die Tischplatte. Was zur Folge hatte, dass alle aufsprangen, um dem Nass zu entkommen. Alle außer Frau Tasche. Die kippte wieder zu Seite, knallte, da niemand mehr zum Anlehnen da war, erst mit dem Kopf auf den Holzstuhl und dann mit großem Getöse weiter auf den Steinfußboden der Kneipe. Dort blieb sie ohne einen Mucks zu sagen liegen.

„Ne Tote", waren die ersten Worte, die in die Stille flogen.

„Rufen sie einen Krankenwagen, schnell!", brüllte der Kriminalschriftsteller den alten Grappa an.

„Stabile Seitenlage“, das war Felipe. Nur wie? Er packte die Liegende von hinten an Schulter und Po und drehte sie zur Seite. Mit dem Resultat, dass Frau Tasche stöhnend aus ihrer Ohnmacht erwachte und sich auf dem Kneipenboden erbrach. Erschrocken ließ Felipe sie wieder los, was zur Folge hatte, dass sie zurück auf den Rücken fiel und röchelte.

„Zur Seite“, rief Rahtol, „sonst erstickt sie an ihrem Erbrochenen!“

Bevor Felipe sich erneut an einer zum Überleben geeigneten Position versuchen konnte, wurde die Kneipentür aufgerissen und Lorenzo stürmte, von Grappa informiert, herein. Er scheuchte alle aus dem Weg und brachte die Verunglückte endlich in die korrekte stabile Seitenlage. Aus der Ferne ertönte das Tatütata des Krankenwagens. Es dauerte fünf weitere Minuten, bis ein blau blinkender Schein die Kneipe erhellte. Die Sanitäter betraten den Raum und wollten irrtümlicherweise die alte Berta am Tresen ergreifen. Denn sie war, wie es schien, im Begriff, vom Barhocker zu fallen.

„Loslassen, ihr Trottel, da hinten müsst ihr hin!“, giftete sie.

Wie auf Kommando zogen sich im selben Augenblick die Ersthelfer von der Liegenden zurück und gaben den Blick auf sie frei. Gott sei Dank, die professionellen Retter wussten wenigstens, was zu tun war. Auch wenn Frau Tasche sich schon wieder heftig gegen die helfenden Arme zur Wehr setzte.

Lorenzo Engel: Das haben wir gut hinbekommen.
Felipe Engel: Ja, der Chef wird stolz auf uns sein.

„Puh, das war knapp.“ Der alte Grappa kratzte sich am Kopf, da, wo seine nicht mehr vorhandenen Haare eine freie Fläche geschaffen hatten, und verschwand in der Küche.

„Ich sollte mal wieder einen Erste-Hilfe-Kurs machen“, murmelte Emilio, nachdem Frau Tasche angeschnallt auf der Liege nach draußen gerollt und ins Krankenhaus gefahren worden war.

„Macht mal Platz, damit ich den Kram hier aufwischen kann.“ Mit energischem Schritt kam der Kneipenwirt aus der Küche zurück, bewaffnet mit Eimer und Wischlappen, um den stark riechenden Erguss von Frau Tasche zu entfernen. Es war nicht das erste Mal, dass er so zur Tat schreiten musste. Wer viel ausschenkt, hat auch diese Pflichten im Programm, dachte er resigniert. „Nun steht nicht so bedröppelt herum, sie lebt ja noch.“

„Aber warum trinkt die arme Frau so übermäßig?“, fragte der Kriminalschriftsteller mitfühlend, an Ubaldo gewandt.

„Weiß ich doch nich, ich bin mehr für die Toten.“

Rahtol fixierte den Friedhofsgärtner. „Wer sind sie, bitte schön?“

„Friedhofsgärtner“, kam es grantig aus Ubaldos zusammengekniffenem Mund.

„Ihr Mann ist vor zwei Jahren gestorben“, erklärte Felipe, „seitdem tröstet sie sich immer mal mit Alkohol“.

„Sie hätt ihn hier auf dem Friedhof begraben sollen, dann könnt sie ihn öfter besuchen“, grummelte Ubaldo. In diesem Moment knallte an der Theke ein Barhocker gegen den Tresen. Alle Köpfe flogen in Richtung des Krachs.

„Warte doch mal, Berta, ich komme ja gleich.“ Kopfschüttelnd widmete er sich weiter seiner Wischtätigkeit.

„Ach, eh du da bist, habe ich schon den Kilimandscharo erklommen.“ Die alte Berta hatte unbemerkt von den anderen dem WC einen Besuch abgestattet und kletterte wieder auf ihren angestammten Platz.

Pfarrer Müller löste sich aus der Gruppe der Herumstehenden und schlenderte zur Theke. Bloß weg von Ubaldo und seinen Bemerkungen. „Geht es ihnen heute besser mit ihrem Bein, liebe Berta?“

„Ja, ja. Aber da wir gerade vom Bein reden: Ich würde gern mal auf den Glockenturm rauf und von oben auf die Gegend runtergucken. Das wünsche ich mir seit Ewigkeiten. Dabei bräuchte ich allerdings ihre Hilfe, Herr Pfarrer.“ Sie schaute ihn mit hochgezogenen Augenbrauen an.

Da bin ich vom Regen in die Traufe gekommen, dachte Emilio verzweifelt.

Ubaldo, der schon wieder neben ihm stand, verzog spöttisch das Gesicht.

„Ich habe noch gute Augen, Friedhofsgärtner. Dass du was gegen mich hast, weiß ich schon, seit dir deine Marina weggelaufen ist und ich bei ihr und Felipe Rollstuhltennis spiele.“

„Nun hör aber auf, Berta, diese Angelegenheit hat hier nichts zu suchen“, versuchte Felipe die Situation zu entschärfen.

Die Stimmung nahm rapide ihren Weg in Richtung dunkle Abgründe.

„So, jetzt gebe ich noch einen aus und dann geht ihr alle in Ruhe nach Hause.“ Der alte Grappa trug Eimer und Wischlappen in die Küche, während seine Gäste sich erwartungsvoll am Tresen aufstellten.

„Das mit dem Turmbesteigen, liebe Berta, besprechen wir in der nächsten Woche. Du sollst nicht länger warten.“ Bei diesen

Worten tätschelte Emilio, ganz der friedfertige, langmütige Seelsorger, der er sein wollte, den Arm der alten Frau. Im Inneren überlegte er verzweifelt: Wie kriege ich das alleine hin?

„Prima, Herr Pfarrer, ich nehme sie beim Wort und komme schon morgen mal bei ihnen vorbei."

Grappa Engel: Oh je, der hinter dem heißen Ofen grinst so eklig.

Felipe Engel: Ja, das müssen wir dem Chef berichten. Wo ist der schon wieder hin?

Berta Engel: Ich glaube, auf dem Weg nach unten. Um dem Pfarrer bei der Predigt zu helfen. Alleine.

Felipe Engel: So ein weißer Mist.

Samstag, 11. Mai:
Streit im Pfarrhaus

In Gedanken versunken schritt Lorenzo mit gesenktem Kopf den Fußweg am See entlang. Er war vom gestrigen Abend immer noch aufgewühlt. Wenn er nicht so schnell gekommen wäre, wer weiß, ob Frau Tasche alles überlebt hätte. Aber als er heute früh im Krankenhaus angerufen hatte, da konnte er Gott sei Dank schon wieder mit ihr sprechen. Sie berichtete von einer Gehirnerschütterung und dass ihr Körper jetzt entgiftet würde. Die Therapie danach war bereits vereinbart. Denn so wollte sie nicht enden, nein, das Ereignis gestern sollte sich nicht wiederholen.

Lorenzo blickte auf. Wie herrlich es hier doch war! Der See glitzerte in der Morgensonne, einzelne Möwen flogen sich anschreiend über das Wasser und die Welt wirkte, bis auf die Vögel, durch und durch friedlich. Sein wöchentlicher Kontrollgang am See war das Schönste an seinem Beruf. Nur die Mietruderboote mit ihren trüben Farben störten ihn, da könnte der alte Grappa mal den Pinsel schwingen und sie leuchten lassen. Aber vielleicht gehörte diese Retro-Idylle dazu.

Dann kam der Moment, in dem er den Pfarrgarten erreichte.

„Dafür kann ich doch nichts!“, hörte er Pfarrer Müller brüllen.

Lorenzo blieb ruckartig stehen und drehte seinen Kopf zum Pfarrhaus. So wütend hatte er Emilio noch nie erlebt! Hinter einem der geöffneten Fenster des Arbeitszimmers standen er und der Friedhofsgärtner sich gegenüber. Dieser hatte drohend seine Faust erhoben und schwang sie in Richtung Pfarrerkopf. Der Pfarrer wich zurück und verschwand urplötzlich aus dem Bild. Woraufhin Ubaldo aus dem Zimmer stürmte und ein lauter

Knall die Luft erfüllte. Wie ein Pistolenschuss, war aber zum Glück nur die Tür.

Raketengleich sprintete der Polizist zur Gartenpforte, riss sie auf, überquerte den Rasen und stellte sich vor dem Fenster auf die Zehenspitzen.

„Herr Pfarrer!“, rief er in den Raum hinein, „Herr Pfarrer?“

Aus der Tiefe des Fußbodens erschien ein weißer Wuschelkopf, die Augen erschrocken weit aufgerissen. Dann kam, wie es schien mit Mühe, der restliche Körper hinterher. Als wäre er mit einem Sack beladen, zog Emilio sich langsam am Tisch in die Höhe.

„Lorenzo, was machst du denn hier? Au“, er fasste sich an den Hinterkopf, „wieder eine Beule.“

„Herr Pfarrer, was wollte Ubaldo von ihnen? Das sah gar nicht gut aus.“

„Ach, der“, Emilio schüttelte seinen Kopf, verzog dabei das Gesicht und überlegte einen Augenblick, „er hat mich für Frau Tasches Unfall verantwortlich gemacht.“ Was zwar stimmte, aber anders, als Lorenzo das verstand. Denn für Frau Tasche waren in ihrem Plan beide vorgesehen. Und der alte Grappa war ungeschoren davongekommen.

Der Polizist schüttelte den Kopf. „Ich werde mit Ubaldo mal ein ernstes Wort sprechen.“

„Ja, tu das, Lorenzo, tu das. Und ich werde meine Sonntagspredigt in Angriff nehmen, da existiert bisher nur der Bibeltext.“ Er schaute suchend auf dem Tisch herum. „Morgen ist doch Sonntag, oder? Ich bin ganz durcheinander. Und nachher kommt noch Herr ...“, Pfarrer Müller brach ab, der Name gehörte zur Schweigepflicht, „einen schönen Tag, und vielen Dank, dass du auf alle so ein Auge hast. Pass besonders auf Rosa auf." Mit diesen Worten knallte er das Fenster zu.

„Herr Pfarrer, dafür bin ich doch da", rief Lorenzo gegen das Glas an.

Nachdenklich begab er sich zurück auf den Strandweg. Irgendetwas stimmte mit den beiden kirchlichen Mitarbeitern nicht. Allerdings schien Rosa dem Pfarrer besonders am Herzen zu liegen, das war nicht zu überhören oder zu übersehen. Lorenzo schmunzelte. Seine geliebte Halbschwester. Sie sollte sich über Emilios Fürsorge freuen. Tat immer so, als könne sie alles alleine regeln. Nur nach dem Unfall, da war sie über seine Versetzung hier in das Dorf froh gewesen. Er lachte leise auf. Was sie vom Pfarrer hielt, hatte sie ihm bisher nicht erzählt. Er müsste einmal bei ihr auf den Busch klopfen. Plötzlich fiel ihm der ominöse Warnbrief ein, und eine Ahnung schlich sich in seine Gedanken.

Lorenzo Engel: Ist der Chef immer noch nicht da?
Felipe Engel: Nein.
Lorenzo Engel: Das ist aber ungewöhnlich.
Felipe Engel: Ja.
Lorenzo Engel: Was ist mit dir?
Felipe Engel: Schau doch mal! Dahinten!
Lorenzo Engel: Oh je, der vom heißen Ofen ist weg. Das sieht nach großen Streitereien aus. Vielleicht sollten wir auch runter.
Felipe Engel: Bloß nicht, das mag der Chef gar nicht.
Lorenzo Engel: Ich weiß, aber tatenlos hier oben sitzen ...

Samstag, 11. Mai: Treppenfall

„Aaahhh!" Geschwindigkeit

Zehnuhrfünfundvierzig. Der Schrei sprang in Schallschnelle zwischen den Büschen die steilen Stufen zur Straße runter, schaute dort einmal nach links und rechts, um dann ermattet mitten auf der Fahrbahn stumm liegen zu bleiben.

Der Mann auf halbem Weg der Treppe war auch verstummt. Und er blieb auch liegen, so wie der Schrei. Nur der dunkle Holzspazierstock mit silbernem Knauf hatte sich aus seiner Hand befreit und klapperte die letzten Stufen runter bis zu ihrem Ende. Dann gab er ebenfalls keinen Laut mehr von sich.

„Hubertus! Hubertus?" Frau von Haubenstein rüttelte an ihrem Mann. „Hubertus, stell dich nicht so an!"

Platsch, knallte seine linke Hand kraftlos auf die Steinstufe. Seine Finger hatten sich im Zaun verhakt und erst jetzt durch das Rütteln ihren Weg auf den Boden gefunden. Isolde von Haubenstein erstarrte.

Neben ihr raschelten Zweige. „So was überlebt keiner", erscholl Frau von Ruppins feste Stimme aus dem Grün. Nach dem Knall schwante ihr Schlimmes. Mit gemessenem Schritt, der Angelegenheit angepasst, trat sie in einem weiten roten Kleid aus ihrem Grundstück, schaute runter zur Gestalt auf den Stufen und schüttelte den Kopf. Georg kam hinter ihr her, schnupperte an dem Mann, der offensichtlich nicht mehr auf dieser Erde weilte, wandte sich ab und fing an zu heulen. Wie einfühlsam mein Hund doch ist, dachte Frau von Ruppin gerührt mit einem Lächeln im Gesicht.

„Aber ich habe ihn doch nur ein winziges Bisschen angerempelt. Aus Versehen. Weil er so langsam gegangen ist. Und ich wollte schnell an ihm vorbei, um ihm zu zeigen, dass er sich beeilen muss. Wir haben doch den Termin beim Pfarrer. Oh Gott, den muss ich absagen." Mit diesen Worten versuchte Isolde von Haubenstein an ihrem toten Mann vorbei die Treppe runterzulaufen.

Frau von Ruppin bekam gerade noch ihren Arm zu fassen. „Nun mal langsam. Wir brauchen einen Krankenwagen oder besser noch Lorenzo." Mit diesen Worten griff sie in die Tasche ihres roten Kleides und zog ihr Smartphone heraus.

„Das wollte ich doch nicht, nein, wirklich nicht." Ein Schwindel hatte Frau von Haubenstein ergriffen, sie krallte sich an der Ersthelferin fest. „Ogottogott. Mein Hubertus." Schluchzend ließ sie sich auf die Steine niedersinken. Dabei zog sie am Ärmel des roten Kleides und legte ein Stück der üppigen Oberweite von Frau von Ruppin frei. Diese brummelte ungehalten und rückte alles wieder dahin, wo es hingehörte.

„Ist was passiert?", rief jemand laut von oben. Rahtol. Er hatte in dem Ferienhaus, das direkt am Anfang der Treppe lag, an seinem nächsten Kriminalfall gearbeitet und war durch den Schrei im Ideenfluss gestört worden.

„Ja", rief Frau von Ruppin hoch.

Wenig später kamen von oben trampelnden Schritte die Treppe herunter. Das war Lorenzo in seinen Polizeistiefeln. Hinter ihm schwang sich leichtfüßig Rahtol in Turnschuhen nach unten. Aus der Ferne kündete schon mit deutlichem Signal der Krankenwagen seine baldige Ankunft an.

„Oh nein." Rahtol kniete sich zu Frau von Haubenstein und nahm ihre Hand. Mittlerweile suchte sich eifrig eine Blutspur aus dem Kopf des Verunglückten ihren Weg die Treppe runter.

„Gnädige Frau, das dürfen sie sich nicht weiter ansehen. Kommen sie, wir gehen in mein Ferienhaus." Er zog die willenlose Isolde von Haubenstein hoch und schleppte sie mit festem Griff weg von ihrem dahingeschiedenen Mann.

Hubertus Engel: Chef, wieso sitzt der Neuankömmling denn so dicht am heißen Ofen?

Herr Gott: Was? Wegholen, aber schnell.

Samstag, 11. Mai: Hoffnungsfall

Das hatte der Schrei des Herrn von Haubenstein nicht geschafft: den Rasenmäher zu übertönen. Anstatt sich an seine Predigt zu setzen, schnitt Pfarrer Müller wieder mal die grünen Halme kürzer. Zumindest dachte er das. Der Mäher allerdings wunderte sich, warum sich seine Messer drehten, es gab nichts zu schneiden. Den Elfuhrtermin hatte Emilio vergessen. Sein Kopf schmerzte immer noch vom Sturz im Arbeitszimmer. Was für ein gebrauchter Tag! Da half nur das gleichmäßige Abschreiten des Gartens beim Mähen, eine äußerst meditative Tätigkeit.

Deshalb hatte er auch die Türklingel nicht gehört und zuckte jetzt erschrocken zusammen, als jemand heftig an seiner Schulter rüttelte. Gemeinsam mit dem Rasenmäher drehte er sich um. Knall, Strom weg, Ruhe. Das Kabel des Mähers durch, zwei Tage hintereinander, das war einer zu viel! Und alles nur wegen Ubaldo. Was wollte der denn schon wieder? Zum zweiten Mal versuchen, ihm eine reinzuhauen?

„Herr Pfarrer, Herr Pfarrer, wir ham einen Toten!“ Atemlos strahlte der Friedhofsgärtner über sein ganzes Gesicht, die Sonne war für ihn aufgegangen.

„Wieso?“, fragte der Angesprochene ungläubig. Denn dass der himmlische Oberhirte da oben sie unterstützen würde bei den Gedanken, die sie hatten, das konnte er sich beim besten Willen nicht vorstellen.

„Der Feriengast, dieser von ... von ... na is egal, is mausetot.“

Emilio plumpste auf seinen Mäher. Der protestierte kurz durch Knatschen gegen die schwere Last, aber er kannte das schon.

„Ham sie denn das Tatütata nich gehört? Das war der Krankenwagen. Und Lorenzo is auch hingerannt. Oben, auf der Steintreppe.“ Ubaldo rieb sich schadenfroh die Hände.

Pfarrer Müller allerdings schwieg nachdenklich, dann seufzte er. „Wenn das der Feriengast ist, wird er sicher nicht bei uns beerdigt, sondern bei sich zu Hause. Und wieso ist er tot?“

Die Antwort blieb aus. Ubaldos Gesicht veränderte sich schlagartig, die Sonne verschwand aus ihm, seelische Regenwolken zogen auf. Das hatte er nicht bedacht.

„Ach, verflixt, warum rollt der denn hier so schlecht!“ Auftritt alte Berta in der Gartenszene, besser Auffahrt. Sie versuchte, ihren Rollstuhl über die Wiese zu den beiden Männern zu lenken, blieb aber immer wieder stecken.

„Berta, du versaust mir den ganzen Rasen!“, rief Emilio ihr entgegen, genervt über die tiefen Spuren im Gras.

„Ja, dann helfen sie mir doch mal, bin auch nicht mehr die Jüngste! Und warum kam denn der Krankenwagen? Ist Frau Tasche wieder umgekippt?“ Die alte Berta kicherte in sich rein.

Pfarrer Müller hatte sich erhoben und seine Hände empört in die Seiten gestützt. „Liebe Berta, Frau Tasche ist auf dem Weg der Genesung, und ich verbiete dir, so über sie zu lachen.“

Die Gerügte winkte ab. Wenn sie es sich mit dem Pfarrer verscherzte, würde er ihr nicht helfen bei ihrem Anliegen.

„Ja, ja, sie haben ja recht. Ich würde gern mit ihnen etwas besprechen, in ihrem Arbeitszimmer. Oder gehört der Rasen dazu?“ Sie grinste verschmitzt. Das Sticheln war ihr Hobby, wenn sie eine Schwachstelle sah, stach sie immer mit Vergnügen rein. Außer bei Rosa, da hörte der Spaß auch für sie auf.

„Dann mal kehrt marsch.“ Pfarrer Müller drehte den Rollstuhl und schob ihn Richtung Pfarrhaus.

„Den Ubaldo brauchen wir auch“, rief die alte Berta nach rückwärts. Sie hatte gesehen, dass der Friedhofsgärtner unschlüssig stehen geblieben war.

„Wieso?“ Die Hoffnung, seinen Plagegeist loszuwerden, löste sich für Emilio Horatio Müller in Wohlgefallen auf.

„Das erzähle ich drinnen.“

Berta Engel: Warum zieht der Chef seine Stirn so kraus? Ist doch toll, dass die drei sich jetzt verstehen.

Emilio Engel: Er glaubt nicht daran. Sieh dir mal den beim heißen Ofen an.

Berta Engel: Mh, könntest recht haben.

Sonntag, 12. Mai:
Kommando Rosa

Rosa Engel: Den Chef verstehe ich nicht.

Ubaldo Engel: Wieso?

Rosa Engel: Er guckt so komisch.

Ubaldo Engel: Hat er das nicht erzählt? Das mit der Predigt hat nicht geklappt.

Rosa Engel: Waas?

Sein Blick fiel auf den Wecker: Acht Uhr, Sonntagmorgen. Nein, heute blieb er einfach liegen. Kanzelstreik. Zufrieden mit sich faltete Pfarrer Müller seine Hände über der Bettdecke. Das war ein ausgezeichneter Entschluss. Er hatte keine Lust mehr.

Der gestrige Tag, ein Fiasko. Erst Ubaldo und dann die alte Berta mit ihrem Wunsch, auf den Glockenturm zu gelangen. Er und der Friedhofsgärtner sollen sie hochtragen, in ihrem Rollstuhl, hat sie verlangt. Und sie hatten sich gegen diesen verrückten Plan nicht gewehrt und „ja" gesagt. Termin Dienstag. Zu allem Unglück kam der kaputte Rasenmäher. Was zu viel war, war zu viel. Seine Predigt, die er sich danach aus den Fingern gesaugt hatte: für den Papierkorb. Sprüche Salomo 8, 22: Der Herr hat mich schon gehabt im Anfang seiner Wege ... Pah, wenn er ihn gehabt hätte, dann könnte er doch dafür sorgen, dass er nicht solche Gedanken entwickelte! Oder war das menschliche Freiheit? War er, Pfarrer Emilio Horatio Müller überhaupt überzeugt von dem, was er da immer erzählte?

Energisch drehte er sich auf die Seite. Sein Bett protestierte wie schon der Rasenmäher gegen das Gewicht. Ja, abnehmen, auch so eine schwierige Aufgabe. Attraktiver werden, so wie Lorenzo.

Rosa! Sie würde in ein paar Minuten ihre Kaffeekannen vorbeibringen! Emilio schnellte hoch. Doch weiter als zum Sitzen kam er nicht, er schrie vor Schmerz auf, die Hexe hatte auf ihn geschossen, wie man so landläufig sagt. Und dann läutete herausfordernd seine Haustürglocke. Oh nein!

„Ja, ich komme!“, brüllte er die Treppe runter zur Tür. Zum Glück ließ er immer die Schlafzimmertür offen stehen, so dass seine Worte die wartende Person erreichen und leise in ihr Ohr hüpfen konnten. Doch wie sollte er mit diesen Schmerzen zur Haustür gelangen?

Vorsichtig schob er seine Füße in die grauen Hausschuhe, die immer vor seinem Bett bereit standen. „Au!“ Mühsam stemmte er sich mit beiden Händen auf der Matratze ab und brachte seinen Körper zumindest in eine gebückte Stellung. Wie ein uralter Mann schlich er zum Schrank, hängte sich seinen blauen Morgenmantel über und versuchte, Stufe für Stufe, seine rechte Hand immer am Geländer, die Treppe hinabzusteigen. Unten angekommen, reckte er vorsichtig seinen Körper in eine aufrechtere Haltung. Es gelang. Erleichtert schlurfte Pfarrer Müller zur Haustür, hatte dabei aber vergessen, seinen Frottee-mantel zu schließen. Sein dunkelroter Schlafanzug mit goldenen Sternen strahlte der klingelnden Person entgegen.

„Guten Morgen, Herr Pfarrer“, Rosa hielt sich überrascht die Hand vor den Mund, „Entschuldigung, ich wollte nur die ... die Kannen bringen.“

„Oh, ja, ich ... Ach, komm doch erst mal rein.“ Wenn ihn jemand verstehen würde, dann diese Frau. Als er sich zum Flur drehte, um die Tür für sie freizugeben, schoss die Hexe erneut auf seinen Rücken. „Au!“

„Auf meinem Rollstuhl abstützen“, kommandierte Rosa. Sie hatte sofort erfasst, wieso Emilio gebückt vor ihr stand. Zusammen schlichen sie in sein Arbeitszimmer. Was war das denn? Auf dem großen Tisch lagen wild durcheinander die ausgedruckten Blätter der begonnenen Predigt, oben drauf ein Tablet; das nahm Pfarrer Müller immer mit auf die Kanzel, er fühlte sich damit modern. Das Papier diente nur zur Sicherheit, falls das elektronische Gerät sich gegen seine Worte entschied und abschaltete. Was wirklich schon einmal vorgekommen war.

Emilio ließ den Rollstuhl los und stützte sich auf den Tisch. Dann wankte er einen Schritt rückwärts, um sich in seinen gemütlichen Sessel fallen zu lassen.

„Stop, Herr Pfarrer, da kommen sie nicht wieder hoch mit ihrem Hexenschuss. Nehmen sie den Stuhl.“

„Ach ja, natürlich.“ Erleichtert ließ sich Emilio am Tisch nieder. Sein Herz schlug heftig und er schwitzte. War es wegen Rosa oder wegen der Rückenschmerzen?

„Und nun erzählen sie erst mal, was überhaupt los ist. Ich glaube, die Schmerzen sind nicht ohne Grund zu ihnen gekommen.“

Weshalb er dann den Springbrunnen seines Herzens öffnete, war ihm im Anschluss nicht mehr klar. Aber es sprudelte alles aus ihm raus. Vom Beginn der Geschichte mit Ubaldo bis zum Hexenschuss. Nur, dass er Rosa liebte, das verschwieg er. Den Mut, es offen auszusprechen, besaß er noch nicht. Obwohl dieses Gefühl ihr wie ein heller Sonnenstrahl entgegen leuchtete.

Und Rosa? Die schüttelte immer wieder den Kopf und wusste nicht, ob sie weinen oder lachen sollte. Irgendwann legte sie ihre Hände auf die des Pfarrers und streichelte sie zärtlich. Als es ihr bewusst wurde, zog sie sie verschämt zurück.

Nach dem Ende der Beichte saßen beide eine Minute lautlos einander gegenüber. Dann schauten sie sich an und brachen gleichzeitig in Gelächter aus.

„Eine echt verrückte, aber gefährliche Angelegenheit“, fasste Rosa zusammen.

Emilio Engel: Wieso tanzt der Chef übermütig auf einer Wolke?
Rosa Engel: Bei so viel Glück kann er nicht ruhig sitzen bleiben.

Die Türglocke riss sie mit ihrem Ding-Dong aus der Zweisamkeit.

„Bleib sitzen“, rief Rosa im Rausrollen, als Emilio seine Hände auf den Tisch legte, um sich mit ihrer Hilfe zu erheben. Hatte sie ihn eben geduzt? Bevor er weiter darüber nachdenken konnte, hörte er, wie sie mit dem Besucher sprach.

„Hallo, Ubaldo, das ist jetzt unpassend, der Pfarrer ist noch nicht soweit.“

„Aber, ich muss unbedingt mal ...“

„Nichts musst du, bis nachher, auf Wiedersehen.“ Die Haustür wurde mit einem leisen Knall geschlossen und die resolute Rosa erschien wieder im Arbeitszimmer. Mit sorgenvollem Blick auf Emilio runzelte sie die Stirn.

„Für den Gottesdienst müssen wir uns was einfallen lassen. Das geht in der Verfassung nicht.“ Beide schwiegen wieder. In der Ferne hörten sie einen Hahn krähen. Im Pfarrgarten flötete eine Amsel. Da flatterte ein Gedanke in Emilios Kopf.

„Liebe Rosa, was hältst du von einem sonntäglichen Ereignis ohne Predigt, stattdessen mit Kaffee, Kuchen und viel Orgelmusik. Pedro wird das sicher hinbekommen, er spielt doch so gern. Nur Kaffeekochen ...“, er schaute auf die Kannen in Rosas Schoß.

„Das ist kein Problem, ich frage die alte Berta, ob sie mir hilft.“

„Ach, und bitte ein kleines Gedenken an den toten Feriengast.“

Rosa runzelte die Stirn. Dann nickte sie.

Herr Gott: Wer von euch will Rosa helfen? Es muss aber schnell gehen.

Lorenzo Engel: Chef, der große, der immer das Wettfliegen „Erdumrundung“ gewonnen hat, der ist am schnellsten.

Herr Gott: Stimmt, also runter mit dir.

Grappa Engel: Ach, immer ich, es war gerade so gemütlich auf der Wolke.

Montag, 13. Mai: Wandlung

Das war vielleicht ein Gottesdienst gewesen! Er konnte es fast nicht glauben, als Rosa ihren Rollstuhl vor dem Altarraum umdrehte und sagte, der Pfarrer sei krank. Dann das viele Orgelspiel, obwohl Pedro echt gut spielte, das musste er ihm lassen. Richtig wehmütig war ihm ums Herz geworden und er hatte sich nach seiner Marina gesehnt. Und erst der Kaffee und Kuchen! Das war wirklich mal was anderes. Da störte nur das Gedenken an den von Haubenstein. Der lag jetzt in einem Pathologikum oder wie das hieß und wartete darauf, dass man ihn aufschnitt. Zum Glück war seine Frau nicht in die Kirche gekommen. Hätte auch die ganze Stimmung verdorben. Zu gern wüsste er, ob das nun wirklich ein Unfall war, das mit dem Sturz. Lorenzo hatte gestern übereifrig beim Kuchenausteilen geholfen, an den war kein Herankommen gewesen Aber jetzt hieß es: alle Sentimentalitäten und sonstige Gedanken zur Seite schieben und sich auf die geplante Tat konzentrieren.

Vorsichtig lehnte Ubaldo sein Fahrrad an den Straßenbaum, eine dicke Linde. Mit der Mistgabel in der Hand zu fahren, das war schon sehr wackelig. Aber er hatte es geschafft. Der Friedhofsgärtner grinste in sich hinein.

Vom Tennisplatz her hörte er Rosas helles Lachen. Dann antwortete die alte Berta mit ihrem dröhnenden Organ. Pah, wer zuletzt lacht, lacht am längsten, dachte Ubaldo grimmig. Hoffentlich stand Felipe nicht mit auf dem Platz. Er musste ihn alleine erwischen. Mit der Forke von hinten an ihn rangehen und dann zustechen, das war der Plan.

Aus dem Haus kam seine Frau, äh, seine Ex-Frau. Ubaldo erschrak. Auch das noch.

„Hallo, was machst du denn hier?“ Verwundert musterte sie ihn von oben bis unten. „Schmuck siehst du aus! Nur die Forke passt nicht dazu.“

„Ich wollt nur ...“, Ubaldo senkte schnell seinen Kopf, verflixt, wie konnte er sein Auftauchen erklären? Er schaute verlegen auf seine Füße, „Na ja, den alten Streit begraben, ja, das wollt ich.“

„Mit Forke.“

„Jo, so beim Helfen, da kann man einfacher plaudern, so, dacht ich.“

„Na, dann geh mal nach hinten, Felipe ist bei der Gülle.“ Marina winkte ihm zu und lenkte ihre Schritte in Richtung Tennisplatz. Von dort schallte wieder lautes Gelächter zu ihm. Fast hätte ihn die fröhliche Stimmung ergriffen und von seinem mörderischen Plan abgebracht. Noch dazu, wo ihn Marina gesehen hatte.

Zögernd einen Fuß vor den anderen setzend, begab sich Ubaldo hinter das Haus. Er musste jetzt etwas ändern, seine Forke war verbrannt, wie sie im Fernsehkrimi immer so sagten. Aber Abhauen kam nicht in Frage, dann wäre seine Ausrede aufgeflogen.

Als er um die Hausecke bog, drehte Felipe sich um.

„Hallo, welch seltener Besuch!“

„Ja, ich dacht ...“, stotterte Ubaldo, die Forke unschlüssig in den Händen hin und her drehend, „ich dacht, wir sollten, ich mein ...“ Dabei trat er näher an sein Opfer und den Güllebehälter heran. Das wäre doch was: Felipe hineinstoßen.

Bevor er weiter darüber nachdenken konnte, stieg der intensive Geruch der Gülle in seine Nase und gelangte zu seinem Magen, dem er überhaupt nicht gefiel. Dieser rebellierte postwendend, indem er seinen Frühstücksinhalt die Speiseröhre hinauf durch den Mund an die frische Luft schickte. Und mit ihm alles seelische Gift aus Ubaldos Körper. Sein Kreislauf gab sein Kreisen auf und er fiel ohnmächtig vor dem Behälter auf den Boden.

Als er wieder zu sich kam, lag er auf einem weichen Sofa. Die Sonne schaute durch das offene Fenster herein und legte eine Strahlendecke wärmend auf seine Füße. Neben ihm im Zimmer stand Felipe mit einem Becher Tee.

„Trink erst mal, das wird deinem Magen guttun."

Die Fürsorge löste sämtliche Knoten in Ubaldos Seele. Er wischte sich die Tränen aus seinen Augen. Hier lag er bei seinem Rivalen auf dem Sofa und wurde liebevoll betreut! Ungläubig schüttelte er innerlich seinen Kopf. Was hatte er sich nur bei diesen Plänen gedacht? Nein, jetzt war Schluss mit den mörderischen Gedanken. Ubaldo schämte sich dafür, von ganzem Herzen. Er hörte die Mauersegler, die ihre Nester unter dem Dach der alten Scheune hatten, durch die Luft schwirren, ein Traktor tuckerte friedlich über die Wiese, das gemähte Gras duftete. Noch heute würde er dem Pfarrer Bescheid sagen. Welcher Teufel hatte ihn da wohl geritten?

Felipe Engel: Na, das ist noch mal gutgegangen! Sogar mit Mehrwert.

Marina Engel: Guck mal, der beim heißen Ofen, ist der geschrumpft?

Felipe Engel: Scheint so.

Marina Engel: Und er rauft sich seine drei Haare. Sieht lustig aus.

Leonardo Engel: Stehen so, als hätte er irdisches Haarspray benutzt.

Montag, 13. Mai: Fragwürdiger Brief

Am späten Vormittag stand Pfarrer Müller am offenen Fenster und lauschte dem Amselmännchen, das im kirchlichen Apfelbaum mit Tenor- oder Baritonstimme – da konnte Emilio sich nicht entscheiden - sein Revier verteidigte. Von weiter weg, wahrscheinlich von Felipes Hof, kam die konkurrierende Antwort.

Das hingebungsvolle Lauschen wurde jäh durch die Türglocke unterbrochen. Emilio drehte sich, verdrossen brummelnd wegen der Störung, vom Fenster weg und durchquerte sein Arbeitszimmer, um dem ungebetenen Gast zu öffnen. Wenigstens hatte wie durch ein Wunder die Hexe nach dem langen Gespräch mit Rosa Reißaus genommen.

„Gute Morgen, Frau von Haubenstein."

„Guten Morgen, Herr Pfarrer."

Emilio winkte die Besucherin herein. Fast hätte er sie nicht wiedererkannt: Vor ihm stand eine Frau mit dunklen Augenrändern und müdem Blick. Ihr roter Lippenstift stach aus ihrem ansonsten blassen Gesicht ab wie ein Leuchtzeichen in der beginnenden Nacht. Die schwarze Handtasche mit goldenem Aufdruck hing über der Schulter, unschlüssig, ob sie runterfallen sollte oder nicht. Nur ihre dunkelblaue Bluse und die weiße Jeans erinnerten an die elegante Frau von vor dem tödlichen Ereignis.

„Mein herzliches Beileid." Pfarrer Müller reichte ihr die Hand.

„Ja, danke, ich bin völlig durcheinander. Die Polizei hat gefragt, wie es denn zu dem Unfall gekommen sei. So als habe sie mich im Verdacht, ihn absichtlich runter ... egal", sie straffte sich und stand auf einmal kerzengerade im Raum. Als hätte sie eine harte Schale übergestülpt, um ihre Unsicherheit und Trauer zu verbergen.

„Der Grund für meinen Besuch bei ihnen ist: Ich habe etwas in seinem Koffer gefunden." Ruckartig nahm sie ihre Tasche von der Schulter und zog mit spitzen Fingern einen weißen Briefumschlag heraus. „Er ist an Rosa gerichtet. Könnten sie ihn bitte überbringen?"

Pfarrer Müller las die Anschrift und drehte den Brief unschlüssig in seinen Händen hin und her. „Ich halte es für angemessen, wenn sie zumindest persönlich dabei wären."

„Gut, ich begleite sie. Dann erfahre ich hoffentlich endlich, welche Verbindung es zwischen meinem Mann und dieser Rosa gegeben hat."

Isolde Engel: Das ist spannend. Oder weiß einer von euch, was in dem Brief steht?
Emilio Engel: Der Chef bestimmt.
Isolde Engel: Ist er wirklich allwissend?
Emilio Engel: Pst, dahinten steht er.

Montag, 13. Mai: Aufklärung

Hintereinander eilten sie auf dem schmalen Streifen Fußweg an der Straße entlang zu Rosas Laden, vorne weg Pfarrer Müller, gefolgt von Frau von Haubenstein. In rascher Folge fuhren zwei Autos dicht an ihnen vorbei.

„Herr Pfarrer, Herr Pfarrer!", ertönte auf einmal von hinten ein eindringlicher Ruf.

Emilio blieb so abrupt stehen, dass die frisch gebackene Witwe fast in ihn reingelaufen wäre. Unwillig drehte er seinen Körper in die Richtung, aus der er den Ruf vernommen hatte. Was er dann sah, ängstigte ihn so, dass er Frau von Haubenstein mit seinen beiden Armen an die Hauswand drängte, um sie vor dem möglichen Angriff zu schützen: Ubaldo, der sich schwankend auf seinem Fahrrad näherte, in der einen Hand eine Forke.

„Warten sie, Herr Pfarrer!" Der Friedhofsgärtner bremste ab, versuchte, vom Rad zu steigen und verlor dabei sein Arbeitsgerät. Dieses kippte knallend direkt neben Frau von Haubenstein an die Hauswand, bevor es zur anderen Seite auf den Fußweg fiel.

„Oh nein!" Zitternd rutschte die scheinbar Attackierte auf den Boden und begann zu schluchzen. Der Schock ließ ihren Panzer schmelzen.

„Tschuldigung, gnädige Frau, das wollt ich wirklich nich." Ubaldo stand ratlos mit seinem Fahrrad in den Händen neben der Unglücklichen und Emilio.

„Ich wollt bloß dem Pfarrer sagen, dass jetzt alles gut wird. Ja, das wollt ich.“ Mit diesen Worten drehte Ubaldo sein Rad um, stieg wieder auf und fuhr, ohne nach links oder rechts zu gucken, quer über die Straße zurück in Richtung seines Häuschens.

Lorenzo Engel: Puh, das war knapp.
Ubaldo Engel: Wie hast du denn die Autos aufgehalten?
Lorenzo Engel: Ach, eines hatte eine kleine Panne.
Emilio Engel: Na, das darfst du aber dem Chef nicht erzählen.
Lorenzo Engel: Ne, war auch bloß ne kleine, fährt schon wieder.

Pfarrer Müller hatte Frau von Haubenstein für ihre Tränen ein Papiertaschentuch gereicht und ergriff ihren Arm, um ihr beim Aufstehen zu helfen. Die Forke ließ er erst einmal liegen, er würde sie auf dem Rückweg mitnehmen. Was wollte Ubaldo ihm sagen? Er klang so fröhlich, so völlig verändert, hatte sogar gelächelt. Das ergab für Emilio keinen Sinn, wenn er an die letzte Zeit dachte.

Auf dem Weg bis zu Rosa hatte sich Frau von Haubenstein wieder beruhigt. Ihre Tränen waren getrocknet, sie warf das Taschentuch in einen Mülleimer und nahm eine aufrechte Haltung an. Meine Güte, dachte Emilio bewundernd, die Frau hat Kraft. Hell bimmelte beim Öffnen der Ladentür die Eingangsglocke.

„Ah, Herr Pfarrer“, rief Rosa lächelnd. Als sie seine Begleiterin erblickte, zog ein Dunstschleier über ihr Gesicht. „Guten Tag, Frau von Haubenstein, mein Beileid.“

„Vielen Dank.“

„Liebe Rosa, der Verstorbene hat einen Brief für dich hinterlassen.“ Emilio legte ihn vorsichtig auf dem Tresen ab, als wäre er ein rohes Ei.

„Für mich?“

„Ja“, bestätigte Frau von Haubenstein, „ich habe nicht herausgefunden, was sie und meinen Mann verbindet. Deshalb bitte ich sie, den Brief in meinem Beisein zu öffnen. Ich möchte endlich Klarheit haben.“

Hilflos schaute Rosa von einem zum anderen. Sie hatte schon einiges erlebt, die Trennung ihrer Eltern, den Tod ihres Vaters, den Unfall. Die Sache mit dem Brief gehörte zu den Ereignissen im Leben, die sie so gar nicht einordnen konnte.

„Gut, dann mache ich ihn auf.“ Entschlossen zog sie aus einer Schublade hinter dem Tresen einen Brieföffner und schnitt die Kante des Umschlags durch. Langsam zog sie zwei Bögen heraus.

„Oh.“

Frau von Haubenstein und Pfarrer Müller drängten beide ihre Köpfe über den Tresen, so dass sie fast zusammenstießen. Was sie sahen, war ein Scheck.

„Oh nein!“, rief Rosa erschrocken, kurz nachdem sie den anderen Bogen gelesen hatte. Ihre Hände zitterten und sie brach in Tränen aus.

„Liebste Rosa, was ist los?“ Mit raschem Schritt kam Emilio um den Tresen herum und legte den Arm um ihre Schultern.

„Er war es“, murmelte sie, „er war es.“

Emilio hatte das Papier ergriffen und las lautlos. Dann sanken seine Hände mit dem Schreiben wortlos auf den Tresen.

„Was ist denn nun damit? Was war er?“ Die schrille Stimme von Frau von Haubenstein holte die beiden anderen aus ihrer Lethargie.

„Ihr Mann hat den Unfall verursacht, durch den Rosa im Rollstuhl sitzt, und Fahrerflucht begangen.“ Mit diesen Worten reichte Pfarrer Müller den Brief weiter. Die Witwe erbleichte und stützte sich auf dem Verkaufstresen ab.

„Deshalb wollte er unbedingt hier her. Bitte, ich muss mich setzen.“ Rasch zog Emilio den am Fenster stehenden Stuhl heran und Frau von Haubenstein ließ sich ermattet darauf nieder. Immer wieder las sie kopfschüttelnd die Entschuldigung ihres Mannes, der es zutiefst bereute, nicht angehalten zu haben.

Eine ganze Weile sagte keiner etwas. Draußen fuhr laut hupend ein Lastwagen vorbei. Sie hörten die alte Berta schimpfen.

„Aber den Scheck kann ich nicht annehmen.“ Das waren die ersten Worte, die Rosa von sich gab.

„Doch, liebe Rosa, das können sie“, versicherte Frau von Haubenstein mit fester Stimme, „und ich werde weiter dafür sorgen, dass sie die bestmögliche Behandlung bekommen.“

„Aber sie sind nicht für ihren Mann verantwortlich.“

„Das spielt keine Rolle. Vielleicht sollte er auch hier beerdigt werden. Nicht in seinem Familiengrab, sonder dort, wo er so viel Unglück hinterlassen hat.“ Abrupt stand Frau von Haubenstein auf und verließ mit festem Schritt den Laden. Pfarrer Müller und Rosa sahen ihr erstaunt hinterher.

Rosa Engel: Wenn ich weinen könnte, würde ich das jetzt tun.

Isolde Engel: Warum können wir Weißgeflügelten eigentlich nicht weinen?

Der vom heiße Ofen: Weil es zu dämlich wäre und nur ich das darf!

Emilio Engel: Hihi, dann bist du vom heißen Ofen also dämlich?

Herr Gott: Kinder, beruhigt euch.

Emilio Engel: Ja, Chef.

Der vom heißen Ofen: Jaha, Obermacker. (Grummel, das hat Folgen, ich bin doch nicht dämlich!)

Dienstag, 14. Mai: Glockenklang

Herr Gott: Verflixt, wo ist der Kerl vom heißen Ofen jetzt hin? He, du Weltumrunder, schalt deinen Turboflügel an und nichts wie hinterher!
Grappa Engel: Och ne, nicht schon wieder, Chef!
Herr Gott: Ab die Feder

Beunruhigt wippte Emilio in seinem Arbeitszimmer auf seinen Zehen hin und her. Was meinte Ubaldo gestern damit, dass „alles gut wird“? Nach dem Briefereignis am Vormittag hatte er keine Gelegenheit mehr gefunden nachzufragen; er war die ganze Zeit bei Rosa geblieben, die noch Lorenzo dazu geholt hatte. Und jetzt stand diese Aufgabe mit der alten Berta an, da waren sie auch nicht allein. Pfarrer Müller warf einen Blick zur Uhr auf seinem Arbeitstisch. Oh je, ihre Zeiger zeigten auf die Elf, er musste aufbrechen.

Als er aus dem Gartentor auf den Fußweg trat und zur Kirche schaute, schüttelte er ungläubig seinen wuscheligen Kopf. Die alte Berta rollte gerade vor das Gebäude, und begleitet wurde sie von einem liebenswert lächelnden Ubaldo, der mit der Sonne um die Wette strahlte. Mit eiligem Schritt steuerte Pfarrer Müller auf die beiden zu. Was hatte das zu bedeuten?

„Guten Morgen zusammen!“ Verstohlen musterte er seinen Friedhofsgärtner. Dieser hatte den alten Anzug wieder an, allerdings ohne die Flecken und Erdreste darauf. Nicht nur eine Bürste, sondern auch das Bügeleisen schien seinen Weg über die Kleidung gefunden zu haben, es fehlten die Knitterfalten.

Merkwürdig. Hoffentlich ergab sich für ihn später die Gelegenheit nachzufragen.

Suchend kramte er in seiner Hosentasche nach dem Kirchenschlüssel. Verflixt, jetzt hatte er ihn im Haus vergessen.

„Ich muss noch mal kurz ..."

„Kein Problem Herr Pfarrer, ich hab vorsichtshalber meinen eingesteckt." In seiner Funktion als Küster hatte Ubaldo ihn vor etlichen Jahren erhalten.

So was gibt´s doch gar nicht, wunderte sich Emilio im Stillen, er ist umsichtig.

Der verwandelte Friedhofsgärtner schloss auf, holte die Holzrampe für Rollstuhlfahrer raus und legte sie eilfertig für die alte Berta über die Stufen.

Gemeinsam betraten sie, gehend und rollend, die Kirche. Gleich links hinter dem Eingang kam der Aufgang zum Glockenturm. Davor blieben alle erst einmal ratlos stehen. Fragende Falten durchzogen die Gesichter.

„Also, wir sollten ...", begann Pfarrer Müller. Er schaute die Treppe hoch.

„Ne, so wird das nix", meinte Ubaldo kopfschüttelnd.

„Nun aber los, ich will bis zwölf Uhr oben sein", kommandierte die alte Berta, wieder in ihrer kratzigen Stimmung.

„Na ja, dann versuchen wir es mal. Ubaldo, du trägst hinten und ich fasse vorne unten an." Gesagt, getan. Pfarrer Müller ergriff die Fußplatte, hob an und die Stütze klappte hoch.

„Doch nicht so!", rief die alte Berta entsetzt. Weil der Friedhofsgärtner nicht zeitgleich zugegriffen hatte, war sie zusätzlich nach hinten gekippt, knallte dann wieder nach vorne und musste sich festhalten, um nicht aus dem Rollstuhl katapultiert zu werden.

„So geht das nicht“, empörte sie sich erneut. Das war allen auch ohne ihre Bemerkung klar. Wieder standen sie ratlos vor dem Treppenaufgang.

„Vielleicht wäre ein normaler Stuhl besser“, überlegte Pfarrer Müller.

„Jo, das is wahr.“ Sofort drehte Ubaldo sich um und lief durch das Kirchenschiff Richtung Altar. Mit einem stabilen Stuhlexemplar mit Seitenlehnen und samtig weichem rotem Bezug kam er strahlend aus der Sakristei zurück.

Scheinbar mühsam erhob sich die alte Berta und schob sich vom Rollstuhl auf den Kirchensessel.

„So, nun mal flott.“

Emilio und Ubaldo sahen sich an und zogen beide gleichzeitig ihre Stirn nach oben. Allmählich ging ihnen der Kommandoton auf die Nerven.

„Eins, zwei, drei.“ Der Pfarrer ergriff die Stuhlbeine vorne direkt unter dem Sitz, Ubaldo nahm die Rückenlehne in Angriff und schwankend setzten sie sich mit ihrer Last in Bewegung. Beim Rückwärtsgehen drehte Emilio immer wieder seinen Kopf nach hinten unten, um die nächste Stufe sicher zu treffen. Nur langsam kamen sie voran.

Die alte Berta genoss den Transport, sie saß breit grinsend auf dem Stuhl, die Arme auf den Lehnen und fühlte sich wie eine Königin.

Nach zehn Stufen stöhnte Emilio schnaufend auf. „Stopp, kleine Pause.“ Er setzte die vorderen Stuhlbeine auf der Treppe ab. Nur Ubaldo musste weiter mit verkrampften Händen die halbe Last tragen.

„Herr Pfarrer“, jammerte er nach kurzer Zeit, „ich kann bald nich mehr.“

„Also weiter."

„Jo."

Nach der nächsten Stufe kam eine leichte Rechtskurve, die beide Träger mit Bravour meisterten. Eine Sekunde lang schauten sie sich lächelnd an, es verband sie in diesem Moment eine bisher ungekannte Freundschaft. Doch die anschließenden Ereignisse führten dazu, dass die begonnene Annäherung auf dieser Welt abrupt endete.

Es passierte Folgendes: Die alte Berta wurde ungeduldig, stand ohne Vorwarnung auf, um auf eigenen Füßen den Turm zu erklimmen, und stieß gegen den Bauch von Pfarrer Müller. Dieser schwankte. Im selben Augenblick erschallte von unten eine Stimme – „ist da jemand?" – und Ubaldo drehte seinen Kopf nach dem Fragenden. Was den Ausschlag gab, ob es die Gewichtsverlagerung auf dem Stuhl war oder das Erschrecken wegen des unbekannten Rufers, konnte hinterher niemand mehr nachvollziehen. Auf jeden Fall verlor Ubaldo das Gleichgewicht und ließ los.

Der darauf folgende Laut passte überhaupt nicht in eine Kirche. Er passte nirgendwo hin. Bumm. Ubaldos Kopf knallte mit Wucht auf die Steinstufen. Und mit ihm der ganze Körper. Bumm, bumm, bumm, ging es weiter nach unten. Mit großem Gepolter, Stufe für Stufe, die steile Steintreppe hinunter. Der Stuhl, den Pfarrer Müller vor Schreck losgelassen hatte, versuchte, Ubaldo zu überholen. Dabei schlug er ihm noch einmal so richtig mit einem Bein auf den Kopf, damit er auch wirklich nicht heil unten ankam. Von oben schauten zwei aufgerissene Augenpaare hinterher, am Aufgang zum Turm starrte ein entsetztes Augenpaar dem, was da kam, entgegen. Es hallte im gesamten Glockenturm von den Wänden wider. Dann hatten

Körper und Stuhl ihr Ziel am Ende der Treppe erreicht. Stille trat ein. Bis die Turmuhr ihre Stimme erhob und dreimal dröhnend zuschlug.

Lorenzo Engel: Och ne, ich hab ihn doch gerade eben auf der Straße gerettet.

Emilio Engel: Die Wege des Chefs sind oft nicht zu verstehen.

Ubaldo Engel: Chef, kommt er jetzt zu uns oder zu dem dahinten?

Herr Gott: Natürlich zu uns, er hat sich doch noch da unten gewandelt.

Freitag, 17. Mai: Beerdigungen

„Asche zu Asche, Staub zu Staub."

Erde prasselte auf seinen Sarg. Ubaldo konnte es aber nicht mehr hören, er weilte schon einen Stock höher, ebenso Herr von Haubenstein, dessen Körper zwei Gräber weiter rechts ruhte. Zu beiden Beerdigungen hatten sich sämtliche Dorfbewohner und Feriengäste, die noch lebten, eingefunden. Die Witwe stand jetzt dicht bei Rosa; durch das Fehlverhalten ihres Mannes fühlte sie sich dem Dorf eng verbunden. Ausnahmsweise durfte auch Georg mit dabei sein. Zwischendurch winselte er immer wieder, als wolle er wie alle anderen Abschied nehmen. Vom blauen Himmel schauten kleine Wolkenkissen neugierig auf die Menschen herab.

Die Feier hinterher würde in Grappas Kneipe stattfinden. Der Raum war durch Pedro in ein gemütliches Café verwandelt worden. Mit Kerzen auf den Tischen und bunten Blumenservietten. Er hatte sich energisch gegen seinen Vater, den alten Grappa, und dessen Widerstand durchsetzen müssen. Die Kosten für alles trug auf eigenen Wunsch der Pfarrer.

Jetzt waren zwei Gräber neu belegt. Ob der Friedhof erhalten bleibt?, fragte sich Emilio, während er von dem Sarg zurücktrat.

Leonardo Engel: Oh, war das schön!
Emilio Engel: Chef, findest du nicht auch, dass das schön war?
Herr Gott: Mh.
Emilio Engel: Wieso ist er denn nun schon wieder unzufrieden?

Eine Woche später

Emilio hatte die Hände andächtig vor seinem Bauch gefaltet und stand mit erhobenem Kopf und einem Strahlen in den Augen unter dem Apfelbaum im Garten. Welch eine weiße Blütenpracht! Schade, dass er sie Ubaldo nicht mehr zeigen konnte. Was ihn nur so verwandelt hatte? Dieses Rätsel würde ungelöst bleiben.

„Hallo, Herr Pfarrer."

Emilio ließ die Arme sinken und wandte sich dem Fußweg am See zu. Oh nein, Leonardo!

„Ihre Haare sind bald wieder fällig. Wie wäre es morgen Vormittag?"

„Auf keinen Fall. Du kannst froh sein, dass wir auf der Liste nicht bis zu ..." Um Himmels willen, jetzt hätte er sich fast verplappert.

„Was für eine Liste?"

„Äh, die Liste der, äh, Dorfbewohner", stotterte Emilio, sein Gehirn arbeitete auf Hochtouren, „die ... die ab jetzt eine Extraeinladung zum Gottesdienst bekommen sollten."

„Pü, was ist denn das für eine blöde Idee, sicher von Ubaldo. Na, überlegen sie sich das mit dem Haarschnitt noch mal. Ich mache ihnen auch einen Sonderpreis." Mit erhobenem Haupt schritt Leonardo winkend davon.

Emilio seufzte. Er musste seinen inneren Ärger unbedingt in den Griff bekommen, sonst gäbe es wieder ein Unglück.

Emilio Engel: Deshalb hat der Chef so verknautscht ausgesehen. Er hat es geahnt. Eine neue Lüge.
Rosa Engel: Was machen wir nur mit dem Außendienstmitarbeiter?
Emilio Engel: Der Chef wird uns Bescheid sage, wenn wir eingreifen sollen.
Grappa Engel: Immer müssen wir auf seine Anweisungen warten – warum dürfen wir nicht mal selber entscheiden?
Rosa Engel: Danke, das gäbe ein schönes Durcheinander. Du siehst doch, was auf der Erde los ist, die mit ihrer Freiheit.
Grappa Engel: Mh.

„Nettes Dorf", rief da eine neue Stimme vom Weg. Rahtol, der Kriminalschriftsteller. Aus dem Mann wurde er nicht schlau. „Ich werde sicher wiederkommen. Obwohl", er blieb zögernd stehen, „beim nächsten Gang in die Kirche werde ich stumm wie ein Fisch bleiben. Nicht, dass mir wieder jemand von oben entgegenkommt."

„Ja, ja, mal sehen, ob ich dann überhaupt noch Pfarrer bin", erwiderte Emilio. In seinem Hinterkopf hatte sich ein Gedanke festgesetzt. Was wäre, wenn er jetzt endlich seinen Traum vom Gärtnersein in die Tat umsetzte?

„Da bin ich mal gespannt. Bis nächstes Jahr."

„Gute Reise."

Kurz darauf lag ein wohlbekanntes Geräusch über dem Dorf: Pfarrer Müller mähte wieder mal seinen Rasen.

Emilio Engel: Das mit dem Rasenmähen ist richtig beruhigend.
Berta Engel: Könnten wir hier auch einführen. Wolken mähen.
- (Kichern vom heißen Ofen)

Von Herzen „danke"

sage ich meinen Helfern, die mit mir in die Welt von Kleinlago eingetaucht sind. Und zum Glück nicht aus Entsetzen die ... (Aber pst!, vielleicht lesen einige, so wie ich immer, diese Seite vor dem Text.)

Herzlichen Dank meinen treuen Erstlesern (ich erspare mir das „innen") Andrea, Markus und Maureen. Und natürlich Silke, die mich, zusätzlich zu ihren großen Anstrengungen in Zeiten der Corona-Krise, wieder treu als Lektorin begleitet hat.

Dann sind da meine unermüdlichen Zuhörer und Ratgeber Monika und Luz. Ich bin glücklich, dass sich eure vier Ohren beim Vorlesen nicht verschlossen haben.

Danke euch allen für die Kommentare, kritische, anregende und aufmunternde.

Ein Dank auch an Herrn Kolodziej, durch den ich lernte, welche Sicherheitstechniken Lorenzo anwenden kann. Und an Frau Dr. Klimpel, deren medizinisches Wissen mir beim Umgang mit Frau Tasche am Freitag, 10. Mai geholfen hat.

Last but first: Lieber Peter, hättest du nicht im Urlaub diese famose Grundidee geäußert, wäre die Geschichte nie geschrieben worden!

Genau genommen ist das ganze Leben ein Kriminalroman – man weiß nicht, was als Nächstes um die Ecke kommt.

In diesem Sinne wünsche ich allen meinen Lesern
eine unterhaltsame Zeit mit den Bewohnern von Kleinlago!

Friedlinde Aden, Juni 2020

Autorin

Friedlinde Aden wurde 1952 in Hof an der Saale geboren und lebt seit vielen Jahren in Wedel an der Elbe, vor den Toren Hamburgs.

Schon während ihres Berufs- und Familienlebens schrieb sie – im Geheimen – Kurzgeschichten und einen Kriminalroman. Und sie schlüpfte mit Begeisterung im Amateurtheater in andere Personen.

Im Jahr 2018 erschien dann ihr erstes Kinderbuch (*Der Einohrlang-Bär, seine Freunde und warum er doch auswandert*), dem 2019 das zweite folgte (*Brauni auf der Suche nach Möwe und dem großen Glück*). – Sie können direkt bei der Autorin bestellt werden: f.aden@gmx.de -

Und ab Juni 2019 ließ sie sich in Kleinlago nieder. Als Pfarrerstochter fühlt sie sich Emilio Horatio Müller besonders verbunden.

Die zweite Geschichte über dieses kleine Dorf und seine Bewohner wartet schon darauf, geschrieben zu werden.

Weiteres über die Autorin erfahren sie auf

friedlindeaden.com

fididae.com